Die drei !!!

Die drei !!!

Einsatz im Pferdestall

Kari Erlhoff

Mit Illustrationen von Ina Biber
und Karin Helmreich

KOSMOS

Umschlagillustration, Artwork und Illustrationen der »Die drei !!!«-Charaktere von Ina Biber, Gilching
Illustrationen der Bastelanleitungen von Karin Helmreich, Weinstadt
Fotos von Michael Ruder – Lichtpunkt
Umschlaggestaltung von Friedhelm Steinen-Broo, eSTUDIO CALAMAR

Unser gesamtes lieferbares Programm und viele weitere Informationen zu unseren Büchern, Spielen, Experimentierkästen, Autoren und Aktivitäten findest du unter **kosmos.de**

MIX
Papier aus verantwortungsvollen Quellen
FSC® C084279

Gedruckt auf chlorfrei gebleichtem Papier

ISBN 978-3-440-17065-6

Redaktion: Franziska Latoska
Produktion: Lena Geiger
Satz: Walter Typografie & Grafik GmbH
Druck und Bindung: Print Consult GmbH, München
Printed in Slovakia / Imprimé en Slovaquie

Die drei !!!

Einsatz im Pferdestall

Eine Übersicht über alle DIY-Anleitungen
findest du auf Seite 180.

1, 2, 3 – Basteln!

Kim, Franzi und Marie verschlägt es auf einen Bauernhof an der Ostsee. Ihre Mission: einen alten Stall zu einem Laden umzubauen und nebenbei schöne Sachen für die Einweihung zu basteln. Gemeinsam mit den Besitzern des Hofs greifen die drei !!! beherzt zu Schere, Klebstoff, Nadel und Faden. Zwischendurch wird gekocht, gebacken und sogar geritten. Doch dann bahnt sich ein neuer Fall für die Mädchen an …

Während Kim, Franzi und Marie an der Ostsee Verbrecher überführen und für den Laden basteln, kannst du ebenfalls aktiv werden. Was du für die einzelnen Bastelprojekte brauchst, erfährst du in den Anleitungen am Ende des jeweiligen Kapitels. Generell solltest du folgende Dinge zu Hause haben:

- einen guten Klebestift
- flüssigen Bastelkleber
- buntes Papier
- Nadeln und Nähgarn

Zusätzlich werden für einige Anleitungen noch

- bunte Perlen
- Stoffreste
- Bänder

benötigt. Den Rest der Materialien findest du im Haushalt oder im Supermarkt.

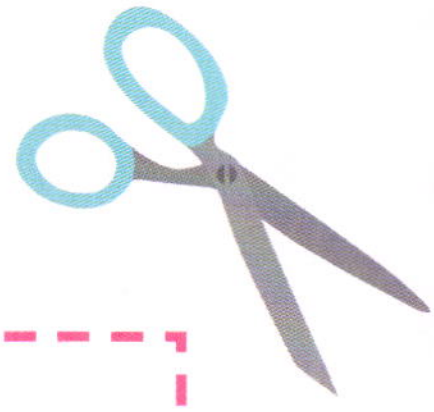

Bei einigen Projekten arbeitest du mit Schablonen. Die Vorlagen dafür findest du im Buch. Du kannst sie fotokopieren und ausschneiden. Oder du paust sie mit dünnem Papier ab und schneidest sie dann aus. Anschließend klebst du sie auf Pappe und schneidest sie erneut aus. Dann sind die Schablonen auch stabil genug, um sie mehrfach zu verwenden.

Wichtig: Bei einigen Schritten solltest du Erwachsene um Hilfe bitten! Zum Beispiel, wenn eine Heißklebepistole oder kochende Marmelade im Spiel sind. Und natürlich solltest du deine Eltern fragen, bevor du alte Kleidung oder Hosen zerschneidest.

Jetzt aber Reitbahn frei für die drei !!!

Überfall

»Ferien«, seufzte Marie Grevenbroich. Zufrieden reckte sie sich und atmete die frische Landluft ein. »Uh!« Sie zog die Nase kraus. Das war für Maries Geschmack doch etwas zu viel Stallgeruch. Fast gleichzeitig wurde ihr die Tasche mit einem Ruck von der Schulter gezogen.

»Achtung, Marie!«, riefen Franzi Winkler und Kim Jülich wie aus einem Munde.

Marie reagierte sofort. In der Tasche befanden sich ihr Feriengeld, ihr Ausweis, ein teures Smartphone, Haustürschlüssel, eine Sonderedition Tarotkarten und der Rest vom Reiseproviant. Nicht auszudenken, wenn der Taschendieb sich damit aus dem Staub machte! Geistesgegenwärtig packte Marie die Riemen und wirbelte herum. Sie war auf alles gefasst. Oder zumindest auf fast alles.

»Was?!«, entfuhr es ihr.

Franzi prustete los. Ein heiseres Kichern drang aus Kims Kehle.

»Lass das!« Marie zog energisch an der Tasche. Doch das Pony wollte seine Beute nicht so schnell aufgeben. Es stemmte seine kurzen Beinchen in den Boden und behielt den Jeansstoff fest im Maul.

»Old Shettyhand«, schimpfte jemand. Ein Mädchen mit braunen Locken und Sommersprossen kam über den Hof gestapft. Sie trug Reithosen und ausgetretene Turnschuhe.

»Ich mach das schon!« Frau Hansen, die Besitzerin des Hofs, griff mit der einen Hand nach dem Halfter des Ponys, mit der anderen Hand löste sie die Tasche aus dessen Maul. »Bitte entschuldige«, sagte sie zerknirscht. »Old Shettyhand ist ständig auf der Suche nach einem Snack. Wir hatten schon mehrfach Probleme mit unseren Gästen.«

Marie blickte auf ihre Tasche, die leicht ramponiert aussah. Der Stoff war feucht geworden und hatte Grasflecken bekommen.

»Oje.« Das Mädchen war nun zu der kleinen Gruppe getreten. »Er ist ein echter Verbrecher. Wenn er kann, büxt er aus. Dann ist nichts vor ihm sicher.«

Der kleine Wallach schnaubte tief und trampelte unruhig. Es gefiel ihm gar nicht, dass er nun leer ausging.

»Ich bringe Old Shettyhand wieder auf die Koppel«, sagte Christine Hansen. »Und dann rede ich mit meiner Schwester. Wir müssen wohl eine weitere Litze unter den Zaunbrettern spannen. Magst du Franzi und ihren Freundinnen zeigen, wo sie wohnen, Antonia?«

»Klar!«, sagte das Mädchen. Sie begrüßte erst Franzi und drehte sich dann zu Marie und Kim. »Willkommen bei uns in Katenkoogen. Ich bin Antonia, Christines Tochter.«

»Franzi hat uns schon von dir erzählt«, sagte Kim.

Antonia hob eine Augenbraue. »Na, dann hoffentlich nur Gutes!«

Marie winkte grinsend ab. »Die Bahnfahrt war so lang, dass Franzi uns von jedem einzelnen Ausritt erzählt hat, den ihr je gemacht habt. Wir wissen alles über eure Spaßturniere, über den heimlichen Nachtritt und den Tag, an dem ihr mit den Gummistiefeln im Schlamm stecken geblieben seid.« Sie grinste. »Mein Bedarf an Pferdegeschichten ist für heute gedeckt.«

»Schade«, meinte Antonia. »Ich wollte euch doch den Hof zeigen.«

»Und wir wollen den Hof auch gerne anschauen«, mischte sich Kim ein.

»Dann stellen wir euer Gepäck am besten bei uns in die Tenne.« Während sie noch redete, ging Antonia schon zum Wagen ihrer Mutter. Sie hob schwungvoll eine vollgepackte Reisetasche aus dem Kofferraum. »Los, helft mir!«

Gemeinsam trugen die Mädchen ihre Sachen in das Bauernhaus, in dem Antonia mit ihren Eltern und ihrer Tante lebte. Kim sah sich beeindruckt um. Statt eines normalen Flurs gab es einen riesigen Vorraum – die Tenne. Das Haus war uralt, jedoch gut in Schuss. Neben dem Wohnhaus, das direkt in die Stallungen überging, gab es eine ausgebaute Scheune mit Gästewohnungen und einen ehemaligen Kälberstall, der zurzeit noch als Abstellkammer genutzt wurde. Doch genau das sollte sich bald ändern. Hansens wollten den Kälberstall zu einem Laden umbauen. Es sollte eine Mischung aus Futterhandel, Reitshop und Kreativscheune werden. Frau Hansen hatte einen beliebten Bastelkanal namens *»Landhof DIY«* im Internet. Bald würde sie neben Säcken mit Kraftfutter und Reitstiefeln auch selbst gemachte Andenken, Muschelketten und Stofftäschchen verkaufen. Dazu noch Leckerlies aus eigener Herstellung, hausgemachte Marmeladen und verschiedene Dekoartikel. Für die letzten Handschläge brauchte sie aber noch dringend Helfer. Ihr Mann war als Futtermittelvertreter oft tagelang unterwegs und sie selbst hatte genug Arbeit mit dem Hof, dem Büro und den Gästewohnungen. Das hatte Frau Hansen auch Franzis Mutter erzählt. Die beiden Frauen waren seit vielen Jahren befreundet. So hatte auch Franzi von dem geplanten Laden erfahren und ihre Hilfe angeboten. Die Maiferien an der Ostsee auf einem Bauernhof zu verbringen war genau nach ihrem Geschmack. Auch wenn sie dafür etwas mit anpacken musste. Ehrensache, dass ihre beiden Freundinnen Kim und Marie ebenfalls mitkamen. Die drei betrieben gemeinsam ein erfolgreiches Detektivbüro und verbrachten einen Großteil ihrer Freizeit zusammen. Allerdings war gerade weit und breit kein neuer Fall in Sicht. Der einzige Räuber des Ortes war soeben überführt worden und trottete nun schicksalsergeben am Führstrick in Richtung Weide. Antonia schlug eine andere Richtung ein und zeigte den Mädchen zunächst den Obstgarten, in dem Gänse und Hühner frei herumliefen. Während die hohen Kastanien an der Straße gerade erste Knospen trieben, neigte sich die Blüte der knorrigen Apfelbäume bereits dem Ende zu. Weiße Blättchen rieselten wie Schnee auf das dunkelgrüne Gras.

»Das sieht aus wie ein Gemälde!«, stellte Kim fest. Die Idylle wurde nur dadurch gestört, dass die Gänse böse zischten. Kim machte vorsichtshalber einen Schritt zurück.

»Ich will euch unbedingt noch ...«, fing Antonia an, doch sie brach mitten im Satz ab. Ein Schimmel kam im vollen Galopp auf die Mädchen zu. Kim schrie auf. Das Tier scheute und stieg nur wenige Meter von ihnen entfernt auf die Hinterbeine.

»Aus dem Weg!«, brüllte Antonia.

Hühner flatterten auf, die Gänse schnatterten. Der Schimmel stieg noch einmal, dann tänzelte er nervös hin und her. Er war aufgezäumt und gesattelt. Bei jeder Bewegung schlenkerten die Steigbügel hin und her. Die Zügel waren verrutscht. Franzis Herz hämmerte in ihrer Brust. Der Schreck saß tief, aber gleichzeitig war sie in Sorge um das Tier. Wenn das Pferd in seine eigenen Zügel trat, konnte es sich schlimm verletzen.

»Ganz ruhig«, sagte sie leise. Ihre Stimme zitterte dabei leicht. »Ruhig!«

Das Pferd schlug mit dem Kopf. Franzi hob langsam die Arme. Sie atmete einmal tief durch und überprüfte ihre Haltung. Bei Pferden kam es in erster Linie auf die Körpersprache an. Sie musste Ruhe und Sicherheit ausstrahlen. Erneut sprach sie ein leises, lang gezogenes »Ruhig!«.

Der Schimmel stellte die Ohren auf. Ein gutes Zeichen. Die Flanken zitterten noch, doch das Tier verlangsamte seine Bewegungen. Es musterte Franzi. Schließlich machte es einen Schritt auf das Mädchen zu, dann noch einen Schritt. »Alles ist gut«, sagte Franzi und bemühte sich, das auch mit ihrer Haltung auszusagen. Sie griff nach den Zügeln. Das Pferd schlug erneut mit dem Kopf, rannte jedoch nicht weg. Antonia kam langsam näher. »Das ist eines der Pferde vom Dünenhof. Sie vermieten Pferde an Gäste.«

Kim sah sich um. »Fragt sich nur, wo der Reiter ist.«

»Wir müssen auf jeden Fall Hilfe holen«, entschied Marie. »Wenn das Pferd den Reiter abgeworfen hat, ist er womöglich verletzt.«

»Ich glaube, da kommt er schon.« Antonia deutete auf einen Weg, der zwischen Fliederbüschen und Pappeln am Grundstück der Hansens entlangführte. Es war ein Junge. Er humpelte leicht. Als er näher kam, sah Franzi, dass er nur wenig älter war als sie. Statt Reithosen trug er Chaps aus dunkelbraunem Leder. Sein Gesicht war von Dreck verschmiert, doch das unterstrich nur das Blau seiner Augen. Franzis Herz machte sich schon wieder bemerkbar. Dieses Mal jedoch nicht vor Schreck.

»Hi«, stotterte Antonia, die hinter ihr stand. »Wir haben dein Pferd eingefangen.«

Marie und Kim musterten den Jungen neugierig. »Alles klar?«

»Ja, es geht schon.« Er lächelte und entblößte dabei eine Reihe ebenmäßiger, weißer Zähne. »Das Biest ist mir durchgegangen.«

»Das ist nicht das erste Mal.« Antonia deutete auf den Sattel. »Die Pferde vom Dünenhof haben schon morgens den ersten großen Ausritt zum Strand. Danach werden weder die Tiere noch das Sattelzeug geputzt. Der Sand scheuert dann den ganzen Tag. Meine Tante kümmert sich gerade darum, dass sich das ändert. Sie ist Tierschützerin.«

»Mir ist auch schon aufgefallen, dass der Sattel schlecht sitzt«, gab der Junge zu. »Ich schätze, ich werde da nicht noch mal ein Pferd mieten.«

»Du kannst gern bei uns reiten.« Antonia schenkte ihm ein Lächeln. »Wir haben mehrere Dülmener, ein Shetty und einen Friesenmix – und Kuddel. Das ist ein Brauereipferd. Aber der ist in Rente und wird nicht mehr geritten.«

»Ein altes Kaltblut und lauter Ponys, das ist jetzt nicht so mein Ding«, entgegnete der Junge.
»Die Ponys haben Feuer unter dem Hintern«, sagte Antonia etwas eingeschnappt. »Da kannst du auch noch etwas lernen.«
»Zum Beispiel, oben zu bleiben.« Marie kicherte.
Der Junge rieb sich den unteren Rücken und grinste schräg. »Schon gut. Ich schaue dann wohl die Tage mal bei euch vorbei. Aber jetzt muss ich diesen Wildfang zurückbringen.«
Franzi drückte ihm die Zügel in die Hand. »Viel Erfolg.«
»Danke.« Er drehte sich noch einmal zu den Mädchen um. »Ich bin übrigens Rick. Rick Silber.«
»Na dann bis bald, Rick.« Antonia winkte ihm hinterher.
»Wer war das denn?« Antonias Mutter kam auf sie zu.
»Rick Silber«, sagte Antonia mit leicht belegter Stimme. »Mit einem Pferd vom Dünenhof.«
»Erzähl das bloß nicht Betti«, meinte Frau Hansen. »Die reitet da noch heute vorbei und hält dem Besitzer Vorträge über Tierhaltung.«
»Das ist doch nicht verkehrt«, fand Franzi.
»Meine Schwester hat das Herz am rechten Fleck«, antwortete Frau Hansen. »Aber sie will manchmal nicht verstehen, dass wir hier in der Gegend vom Tourismus und von der Landwirtschaft leben. Wir können Tiere nicht einfach nur aus Freude halten.«
»Aber man kann sich trotzdem Mühe geben«, wandte Antonia ein.

Nachdem sie die Pferde der Hansens auf der Koppel besucht hatten, ging es direkt zum Kälberstall. Da die Familie Hansen seit den 60er-Jahren keine Kühe mehr besaß, wurde das uralte Gemäuer hauptsächlich als Rumpelkammer genutzt. Doch dazu war es viel zu schade. Die Mädchen traten aus dem warmen Sonnenlicht in das staubige Dunkel des alten Stalls. Nachdem sich ihre Augen an die Umgebung gewöhnt hatten, sahen sie das Chaos. Ein altes Motorrad lehnte zwischen verwitterten Gartenmöbeln und ausgedienten Futtereimern. Spinnweben zogen sich über eine Ansammlung von Öllampen und Gießkannen. Die kleinen Fenster waren blind vor Staub und Schmutz. Marie bemühte sich, nichts zu berühren. Auch heute hatte sie viel Zeit in ein sommerliches Outfit investiert. Das blassgelbe Shirt mit den kleinen Ankermotiven passte gut für einen Tag am Strand, war für den rustikalen Stall allerdings denkbar unpassend. Genauso verhielt es sich mit ihren zarten Riemchensandalen und dem fliederfarbenen Rock aus dünnem Leinen.

Kim hingegen blickte sich begeistert um. »Diese alten Deckenbalken! Und die Fenster! Man spürt förmlich, wie hier die Jahrhunderte vergangen sind. Dieser Ort wäre eine perfekte Kulisse für einen Krimi.«

»Kim schreibt Detektivgeschichten«, erklärte Franzi, als Antonia erstaunt guckte.

Frau Hansen fuhr mit dem Finger über einen antiken Tisch und hinterließ dabei eine Spur im Staub. »Wenn das alles sauber und aufgeräumt ist und wir eine anständige Beleuchtung haben, wird das ein wunderschöner Laden.«

»Wo Sie gerade von Beleuchtung sprechen ...« Kim sah auf. »Wir haben während der Bahnfahrt Lichttüten gebastelt. Vielleicht können Sie die ja auch brauchen?«

»Lichttüten?«, widerholte Christine Hansen.

»Moment.« Kim eilte aus dem Stall in Richtung Tenne, wo noch immer ihre Taschen standen. Nach kurzer Zeit kam sie wieder zurück. In den Händen hielt sie mehrere Butterbrottüten. »Als ich heute früh die Brote für die Fahrt geschmiert habe, waren noch so viele Tüten übrig, dass ich sie mitgenommen habe.«

»Das war auch gut so«, meinte Marie. »Auf der Strecke gab es mehrere Verzögerungen und wir konnten nicht die ganze Zeit Ponygeschichten hören.«

»Zeigt mal her.« Frau Hansen streckte die Hand aus. »Die sind wirklich hübsch.«
Marie hatte das Motiv für ihre Lichttüte aus einem Reisekatalog abgepaust. Es zeigte einen Leuchtturm, der ganz in der Nähe von Katenkoogen stand. Kim hatte sich an einer Gans versucht und Franzi hatte ein Pferd gemalt. Darin hatte sie jahrelange Übung.
»Man kann ein Glas mit einer Kerze reinstellen.«
»Oder ein LED-Licht«, fügte Marie hinzu.
»Die sind richtig klasse!«, fand Antonia.
»Das finde ich auch«, sagte Frau Hansen anerkennend. »Könnt ihr noch mehr davon machen?«
»Gern«, versprach Franzi. »Kim hat noch genug Tüten übrig.«
Frau Hansen sah auf die Uhr. »Ich muss noch ein paar Sachen im Büro erledigen. Wir setzen uns dann in einer Stunde bei einer kleinen Mahlzeit zusammen. Einverstanden?« Die Mädchen nickten.
»Wenn ihr wollt, könnt ihr schon mal euer Apartment sehen«, sagte Antonia. »Ihr wohnt in der *Möwe*. In der *Sandburg* wohnt Frau Brammer, eine alte Dame, die jedes Jahr herkommt. Dann haben wir noch das Apartment *Strandkorb*. Das haben wir an ein Ehepaar vermietet – Herrn und Frau Hoffmann.« Sie beugte sich vor und fügte leise hinzu: »Ziemlich seltsame Leute.«
»Inwiefern seltsam?«, fragte Kim neugierig.
Antonia kickte mit dem Fuß gegen einen Plastikeimer, der im Weg stand. »Die reden kaum mit uns und den Stall wollten sie auch nicht sehen. Warum machen sie dann überhaupt Urlaub auf einem Bauernhof? Außerdem trägt die Frau dauernd ihre Sonnenbrille.«
»Sehr interessant«, meinte Kim. »Wir sind zwar eigentlich hier, um den Laden auf Vordermann zu bringen, aber es schadet sicherlich nicht, wenn wir uns dieses Paar mal genauer anschauen.«
»Elende Diebe!«, rief jemand auf dem Hof. Es klang wütend.
Antonia sah die Mädchen erschrocken an. »Das ist Tante Betti!«

DU BRAUCHST …

- Butterbrottüte
- Bleistift
- dünnen schwarzen Stift
- Filzstifte
- Glas (das in die Tüte passt)
- Teelicht oder LED-Kerze

SCHWIERIGKEITSGRAD

- einfach

Eine Tüte voller Licht

Ein leuchtendes Vorbild für jede Party: Mit den selbst bemalten Lichttüten sorgst du für strahlende Highlights in der Dunkelheit. Du brauchst für die kleinen Kunstwerke kaum mehr als Butterbrottüten und einen Stift.

1 Als Erstes legst du deine Vorlage in die Tüte und zeichnest die Umrisse mit einem Bleistift nach. Dabei solltest du mindestens 4 cm Abstand zum Tütenboden lassen, da das Bild beim Aufstellen sonst abgeknickt wird.

2 Nun zeichnest du die Konturen mit einem dünnen, schwarzen Stift nach.

3 Wenn du magst, malst du anschließend die Flächen mit schwarzen oder bunten Filzstiften aus. Um eine coole Scherenschnittoptik zu erhalten, malst du die komplette Fläche schwarz aus. Alternativ kannst du auch ein farbiges Motiv ausschneiden und auf die Tüte kleben.

4 Stell ein altes (sauberes) Marmeladenglas in die Tüte, damit sie besser steht. In das Glas stellst du ein Teelicht oder ein LED-Licht.

VORSICHT: Teelichter nie ohne Aufsicht brennen lassen!

Maries Tipp

Ich liebe Kerzen. Nicht nur im Winter, sondern auch an warmen Sommerabenden. Dabei setze ich gern auf Farben und Düfte. Ich kaufe Duftkerzen mit unterschiedlichen Aromen, die zu meiner Stimmung passen.

Belauscht

»Was ist passiert?« Gefolgt von den drei !!! lief Antonia ins Freie. Franzi blinzelte. Wenn man aus dem Dunkel des Stalls kam, mussten sich die Augen erst wieder an das helle Sonnenlicht gewöhnen. Sie blinzelte erneut. Dann erkannte sie die Frau, die mitten auf dem Hof stand und die Hände in die Hüften stemmte.

Franzi konnte sich genau an Bettina Fink erinnern. Sie hatte schon immer einen eigenwilligen Geschmack gehabt – egal, ob es um Kleidung oder Meinungen ging. Frau Fink erinnerte Franzi immer etwas an eine Vogelscheuche. Sie war von Wind und Wetter gebräunt und zerzaust. Die Haare und das lilafarbene Surfershirt waren ausgeblichen und ihre dünnen Beine steckten in Stegleggins mit einem Muster, das bestimmt seit den 90er-Jahren nicht mehr in Mode war. Franzi mochte Tante Betti, wie Bettina Fink von allen genannt wurde.

»Was ist passiert?«, fragte Antonia noch im Gehen.

Tante Betti schnaubte. »Da hat schon wieder jemand Marmelade geklaut. Das ist das dritte Mal in dieser Woche. Sämtliche Gläser sind verschwunden und es wurde nichts dafür bezahlt.«

»Marmelade?«, wiederholte Marie ungläubig.

»Ja«, bestätigte Antonia. »Wir stellen die selbst gemachten Marmeladen in einem ausgedienten Hasenstall an die Landstraße. Wer ein Glas haben möchte, nimmt es sich raus und wirft dafür Geld in das Sparschwein.«

»Ein Glück, dass wir bald den Laden haben«, meinte Tante Betti. »Dann bauen wir den Stall an der Straße ab.«

Die drei !!! tauschten einen Blick. Jede wusste genau, was die beiden anderen dachten. Geklaute Marmeladengläser waren nicht wirklich ein Fall für ihr Detektivbüro, aber sie würden trotzdem die Augen offen halten.
»Heute ist ein merkwürdiger Tag«, fand Antonia.
»Es liegt etwas in der Luft«, stimmte auch Tante Betti zu. »Ich denke, es wird bald gewittern.« Sie strich sich eine widerspenstige Locke aus dem Gesicht. Dann grinste sie die Mädchen an. »Jetzt erst einmal: Herzlich willkommen! Ich hoffe, ihr könnt fest anpacken.«
»Das können wir«, bestätigte Kim.
»Super. Wisst ihr was, Mädels? Wir legen gleich los.« Tante Betti deutete auf den Laden. Dann musterte sie Marie. »Nee, erst zieht ihr euch noch etwas Vernünftiges an. Ich hole solange die Besen und einen Eimer mit grüner Seife.«

Im Gegensatz zu ihren Freundinnen trug Franzi bereits alte Jeans und Gummistiefel, aber sie war neugierig auf ihre Unterkunft. Zwar lag die ausgebaute Scheune mit den Ferienwohnungen direkt neben dem Haupthaus, aber es war trotzdem etwas Besonderes, einen abgeschlossenen Bereich ohne Erwachsene zu haben – mit eigenem Bad und Küchenzeile.
In der kleinen Dachwohnung warf Marie ihre Reisetasche auf eines der Betten und sah sich um. An der Wand hingen Bilder von Möwen. Es gab zwei Korbstühle mit blauweißen Kissen, Gardinen mit aufgedruckten Ankern und ein altes Sofa, das sehr gemütlich aussah.
Entsetzt stellte Franzi fest, dass Marie schon dabei war, das kleine Badezimmer zu besetzen. Sie stellte sämtliche Ablagen voll, bis der Raum einer Drogerie glich und auch genauso roch. Kim trat hinter Franzi ins Bad. »Also ich bin fertig. Und ihr?«

»Geht schon mal vor.« Marie stellte einen Tiegel mit Algenpaste vor sich auf. »Ich muss mich noch kurz etwas frisch machen und mein Make-up korrigieren.«
Franzi sah ihre Freundin entgeistert an. »Wir wollen einen alten Stall entrümpeln. Da wird schon kein Starfotograf um die Ecke kommen.«
»Aber vielleicht kommt dieser Rick noch mal vorbei.« Kim legte den Kopf schief. »Und Madame möchte garantiert für alle Fälle gewappnet sein.«
Rick Silber. Daran hatte Franzi gar nicht gedacht. Sie wollte lieber keinen Blick in den Spiegel werfen. Vermutlich waren ihre Haare zerzaust. Aber Franzi war nun einmal keine Modepuppe. Und für die Aktion im Stall war sie genau richtig angezogen. Sie seufzte kurz und machte sich dann mit Kim auf den Weg.

Marie brauchte lange, bis sie endlich zufrieden war. Es ging ihr dabei aber nicht nur um Rick. Der Junge sah gut aus und war charmant, aber das waren andere Jungs auch. Wenn Marie im Bad war, konnte sie den ganzen Stress hinter sich lassen. Manche Leute machten Yoga, wieder andere brauchten ein Buch zum Entspannen. Marie brauchte ihre täglichen Pflegerituale. Sie überprüfte ihre Augenbrauen im Spiegel, tuschte die Wimpern und machte sich anschließend einen aufwendigen Zopf, in den sie Stoffblumen einflocht. Als Outfit wählte sie eine alte Boyfriendjeans und eine Bluse aus Jeansstoff. Zufrieden schloss sie die Tür ab und sprang die Treppen hinab.
Aus der Wohnung *Sandburg* im Erdgeschoss drang laute Schlagermusik. »Du bist mein Herz, mein Schatzilein! Wir tanzen heut im Sonnenschein«, dröhnte ein Sänger. Die Wohnungstür des *Strandkorbs* lag direkt gegenüber. Marie sah, dass sie nur angelehnt war. Das seltsame Paar, von dem Antonia erzählt

hatte, war also zu Hause. Marie lauschte. Doch sie konnte nichts hören – nichts außer dem Sänger, der auf »Schatzilein« nun »milden Sommerwein« reimte. Marie war schon viel zu spät. Sie musste sich beeilen. Außerdem gab es hier vermutlich gar nichts zu ermitteln. Sie trat ins Freie. Da hörte sie plötzlich eine Frauenstimme. Sie konnte nicht verstehen, was sie sagte, aber es klang aufgeregt. Vorsichtig schlich Marie an der Wand der Scheune entlang. An der Ecke stand ein Regenfass. Dahinter ging sie in Deckung.

»Der Empfang ist so schlecht«, schimpfte die Frau gerade.

Marie hatte auch schon entdeckt, dass der Hof nicht gerade ein Paradies für Handybesitzer war. Aber die Frau war doch nicht deswegen so aufgebracht, oder?

»Nein!«, rief sie gerade. Dann senkte sie die Stimme etwas. »Das ist geheim. Du weißt das.« Es folgte eine längere Pause. Dann räusperte sich die Frau. »Die ganze Aktion ist … ach, ich bin kurz davor, die Sache abzubrechen. Aber Jens wird nicht aufgeben. Er zieht das durch!« Wieder eine Pause. »Wenn dich jemand fragt: Wir sind auf Mallorca … Ja, klar nehmen die uns das ab. Seit zwei Tagen ist hier der Sommer ausgebrochen. Ich werde schon noch braun.« Ihre Stimme brach ab. »Das ist gerade meine geringste Sorge.«

Jetzt war sich Marie sicher: Mit der Frau stimmte tatsächlich etwas nicht! Nur: Was führte das Pärchen im Schilde? Als sie ein angespanntes »Tschüss! Ich melde mich« hörte, eilte Marie so leise wie möglich davon.

Kurz darauf trat eine Frau mit einer großen Sonnenbrille im Haar hinter der Scheune hervor. Sie guckte nicht in Maries Richtung, sondern verschwand eilig im Haus.

»He, wurdest du im Bad gefangen gehalten?« Franzi kam ihrer Freundin entgegen. Ihre Wangen glühten und quer über ihr

Gesicht verlief ein Streifen Schmutz. »Wir warten seit einer Ewigkeit auf dich. Ich wollte dich gerade holen.«
»Ich habe ein Gespräch belauscht.« Marie trat näher an Franzi heran. »Dazu aber später mehr. Vielleicht gibt es hier doch einen Fall für die drei !!!.«
Franzi guckte überrascht. »Das müssen wir Kim sagen.«
»Warte noch«, hielt Marie ihre Freundin zurück. »Antonia sollte nicht dabei sein. Sie ist okay, aber wir sind nun einmal die drei !!!. Nicht die vier !!!!.«
»Also ich ...«, setzte Franzi an, doch sie kam nicht weiter.
»Helft mir mal!« Kim zerrte gerade eine widerspenstige Gartenliege aus dem Stall. Ihre Freundinnen sprangen ihr zu Hilfe. »Die soll an die Straße gestellt werden. Wir haben schon ein Schild gemacht.«
Antonia kam mit mehreren Pappen an. Darauf stand in Großbuchstaben: ZU VERSCHENKEN.
»Der Rest geht zum Sperrmüll.« Sie stupste mit dem Fuß einen ausgeblichenen Hüpfball an, der mehr an einen verschrumpelten Apfel erinnerte.
»Und meine alte Susi hier wird verkauft.« Tante Betti schob ein altes Geländemotorrad auf den Hof. Mit der Hand befreite sie es von ein paar besonders dicken Spinnweben. »Die Maschine müsste noch fahren. Aber ich habe keine Lust, damit die Umwelt zu verpesten. Vielleicht können wir sie putzen und ich mache dann ein Foto fürs Internet.«
»Hast du denn noch den Zündschlüssel?«, fragte Franzi.
»Klar«, antwortete Tante Betti. »Ich muss nur etwas wühlen. Bei mir herrscht ein gepflegtes Chaos.«
Die Mädchen teilten die Arbeit auf. Marie half Antonia mit dem Motorrad, während Franzi und Kim das Gerümpel auf den Hof und an die Straße schleppten.

»Ich komme mir vor, als würde ich auf einem Schrottplatz arbeiten.« Kim lachte.
»Ich auch!« Franzi wischte sich den Schweiß von der Stirn. »Und ich könnte jetzt auch gut einen Kirschkuchen zur Stärkung vertragen.«
Als hätte sie das gehört, kam Christine Hansen aus dem Haus. »Was haltet ihr von einer Pause? Ich habe den Tisch auf der Terrasse gedeckt.«
Die Reaktionen waren durch die Bank begeistert. Doch bevor sie Frau Hansen auf die Terrasse folgen konnten, kam ihnen das Ehepaar aus der Ferienwohnung *Strandkorb* entgegen.
»Herr und Frau Hoffmann.« Antonias Mutter lächelte. »Darf ich Sie zu einer Tasse Kaffee und selbst gebackenem Brot auf unserer Terrasse einladen?«
Frau Hoffmann schüttelte den Kopf. »Nein, wir haben es sehr eilig und müssen los.«
Der Mann lächelte freundlich zurück. »Meine Frau und ich wollen noch etwas im Dorf bummeln gehen und nachher wollen wir das kleine Fischrestaurant ausprobieren, das Sie uns empfohlen haben.« Seine Frau stand schon beim Auto und wirkte ungeduldig.
»Ottos Fischbratstube ist nicht vegan«, beschwerte sich Tante Betti, als der Wagen der Hoffmanns auf die Landstraße abbog.
»Du selbst hast dort früher in der Hauptsaison gearbeitet«, bemerkte ihre Schwester. »Aber ich verspreche dir, dass mein Kaffee und meine Marmelade absolut tierfreundlich sind.« Sie führte die kleine Gruppe auf die Terrasse, die hinter dem Wohnhaus lag. Tante Betti berichtete, dass sie seit mehreren Jahren Reitunterricht für Feriengäste anbot. »Aber keine Pferdequälerei, sondern versammeltes Reiten am losen Zügel. Bei mir sollen Pferd und Reiter ihren persönlichen Einklang finden.«

»Oooohm«, sagte Antonia leise. Franzi kicherte. Grundsätzlich stimmte sie Tante Betti aber zu. Ein Pferd war schließlich kein Sportgerät, sondern ein Lebewesen.
Während die Erwachsenen einen Kaffee tranken, gab es für die Mädchen selbst gemachte Zitronenlimonade. Außerdem hatte Frau Hansen ein rustikales Brot aufgeschnitten und selbst gemachte Marmeladen auf den Tisch gestellt. Franzi bestrich ihr Brot dick mit Himbeermarmelade und gönnte sich dann einen großen Bissen. Sie lehnte sich zurück. Das Gelb der Rapsfelder schimmerte zwischen den Büschen hindurch. Eine Möwe segelte über den wolkenlosen Himmel und zwischendurch gackerte eines der Hühner. Nur die Sache mit dem Fall ging ihr nicht aus dem Kopf. Was hatte Marie belauscht? Doch die war mitten im Gespräch mit Frau Hansen.
»Im Grunde ist es ganz leicht, Marmelade selbst zu kochen«, sagte Antonias Mutter gerade.
»Wenn man sich dabei nicht verbrennt«, fügte Tante Betti hinzu. »Für mich ist das einfach nichts. Ich verbrenne mich jedes Mal. Wenn ich flüssige Lava sehen möchte, reise ich zu einem aktiven Vulkan.«
»So gefährlich ist es jetzt auch nicht«, lenkte Frau Hansen ein. »Man muss vorsichtig sein und braucht eine gute Vorbereitung. Ich kann es euch beibringen, aber versprecht mir bitte, dass ihr das nicht allein versucht.«
Antonia schüttelte den Kopf. »Wir haben eh keine Himbeeren mehr. Die Tiefkühltruhe ist praktisch leer.«
»Ich mache morgen Großeinkauf. Dann bringe ich auch neue Etiketten zum Verzieren mit.« Tante Betti stand auf. »Und jetzt müssen wir wieder an die Arbeit! Es ist noch viel zu tun.«

»Ich glaube, ich kann nicht mal mehr eine Feder hochheben!« Kim rieb sich den Rücken. Mittlerweile war früher Abend und der alte

Kälberstall war endlich leer. Sie reckte sich. »Morgen müssen wir den Raum putzen. Aber bis dahin haben wir frei.«
»Wir könnten an den Strand gehen«, schlug Antonia vor. »Und nachher kann ich euch noch die Zaubereiche zeigen.«
Kim hob skeptisch eine Augenbraue, aber Marie nickte. »Das klingt beides gut.«
Während Antonia sich bei ihrer Mutter abmeldete, holten die drei !!! Sonnencreme und Badesachen. Kurz darauf führte Antonia die Mädchen zu dem Feldweg, über den der Schimmel galoppiert war. Links und rechts der Asphaltspuren befanden sich Hufabdrücke in der Erde. Der Weg führte am Reitplatz der Hansens vorbei durch ein kleines Gehölz. Nach einer Kurve ging es bergab. Die Laubbäume wurden zunehmend durch Kiefern abgelöst und der Boden wurde sandiger. Jetzt konnte Franzi die fröhlichen rot-weißen Streifen eines Leuchtturms erblicken. Dann sah sie das Meer. Die Ostsee glitzerte in der Sonne. Bei dem guten Wetter waren zahlreiche Segelboote unterwegs. Es duftete nach Heckenrosen und Salzwasser. Franzi hielt an. Dieses Bild wollte sie sich unbedingt für kalte Wintertage einprägen.
»Herrlich«, sagte Marie neben ihr.
»Und am Strand sind kaum Leute«, freute sich Kim.
»Die kommen erst in den Sommerferien«, erklärte Antonia. »Keiner konnte ahnen, dass der Mai so schön werden würde. Vor einer Woche war es noch kalt und nass.«
Während Antonia ihr farbenfrohes Handtuch ausbreitete, stellte sich Franzi dicht neben Marie. »Also, spuck schon aus. Was hast du belauscht?«
»Die Hoffmanns haben ein Geheimnis«, antwortete Marie. Sie flüsterte nicht. Antonia war weit genug weg und Kim konnte ruhig alles mit anhören. »Sie hat am Telefon ganz merkwürdige Andeutungen gemacht. Etwas stimmt da nicht.«

»Vielleicht hat sie die Marmelade gestohlen.« Kim trat zu ihnen.
»Marmelade?«, wiederholte Marie. »Nein. Da ging es um eine große Sache. Garantiert!«

HiMBEERE
2:1
2019
HiMBEERE
MAi 2019

DU BRAUCHST …

- 500 g Himbeeren, frisch oder aus der Tiefkühltruhe
- 250 g Gelierzucker (Sorte 2:1)
- ein Päckchen Vanillezucker
- einen Spritzer Zitronensaft
- 3 bis 4 mittelgroße, saubere Marmeladengläser

SCHWIERIGKEITSGRAD

- hoch

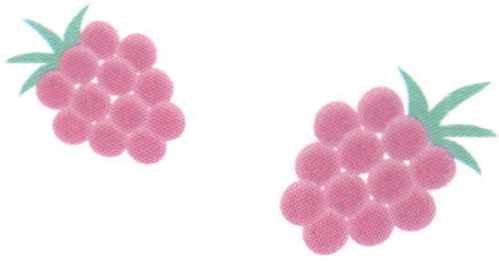

Himbeergrüße aus dem Glas

Für ein echtes Luxusfrühstück: Das ist das Rezept für die fruchtige Hofladenmarmelade aus Katenkoogen. Aus kochend heißer Himbeerlava wird ein himmlisch leckerer Brotaufstrich.

FÜR DIE DEKO:

- Stoffreste
- bunte Bänder
- Aufkleber

ACHTUNG: Da du dich beim Marmeladekochen heftig verbrennen kannst, solltest du unbedingt einen Erwachsenen um Mithilfe bitten.

1 Tiefkühlbeeren lässt du auftauen und wiegst sie anschließend ab. Bei frischen Früchten entfernst du Blätter und Stiele, wäschst sie, lässt sie abtropfen und wiegst sie dann.

2 Stell die Gläser offen ins saubere Spülbecken. Die Deckel legst du dazu. Dann kochst du Wasser im Wasserkocher.

ACHTUNG, ACHTUNG!
Jetzt bitte absolute Vorsicht: Die Gläser mit kochendem Wasser füllen, das Wasser nach ein paar Minuten auskippen. Dabei ein Handtuch oder einen Topflappen verwenden, denn die Gläser sind extrem heiß. Am besten fragst du hierfür den helfenden Erwachsenen. Die Gläser und Deckel lässt du auf einem frischen Handtuch abtropfen. Dadurch sind sie absolut sauber – aber auch superheiß!

3 Alle Zutaten in einen großen Topf geben und aufkochen lassen. Die Masse 3 bis 4 Minuten kochen lassen. **ACHTUNG!** Die Marmelade verhält sich wie Lava. Sie blubbert vor sich hin und schießt ab und an siedend heiße Spritzer in die Luft. Beim Umrühren besteht also Verbrennungsgefahr.

4 Die Marmeladenlava nun direkt in die warmen Gläser füllen. Dafür verwendest du eine Schöpfkelle, die du vorher ebenfalls heiß abgespült hast. Säubere den Rand des Glases mit einem Tuch, damit sich hier keine Keime bilden.

5 Nun die Deckel fest aufschrauben und die Gläser für circa 5 bis 10 Minuten auf den Kopf stellen. An einem kühlen Ort aufbewahren.

Franzis Tipp

»Basilibeeren à la Winkler«
Meine Mutter püriert die Beeren und den Zucker vor dem Kochen und stellt die ungekochte Masse mit einem kleinen Zweig Basilikum in den Kühlschrank. Nach einer Stunde kocht sie alles auf und fischt den Basilikumzweig vorsichtig aus dem Topf. Kaum zu glauben, aber das schmeckt!

STYLING FÜRS GLAS: Sobald die Gläser ausgekühlt sind, verzierst du sie, zum Beispiel mit selbst bemalten Etiketten, einem Stoffhütchen oder bunten Bändern. Du kannst auch Früchte aus Filz ausschneiden oder süße Aufkleber verwenden. Passend sind natürlich Bilder von Himbeerblüten, Blättern oder den Früchten.

EIN KLEINER TIPP: Schreibe auf das Etikett, wann die Marmelade eingekocht wurde.

Ein unheimlicher Ort

»Hättest du das nicht früher sagen können?« Kim blickte Marie vorwurfsvoll an. »Jetzt sind sie weggefahren!«
»Ohne Auto hätten wir ihnen doch eh nicht folgen können«, wandte Franzi ein. »Und wir hatten wirklich gut zu tun. Schließlich sind wir hier, um Hansens mit dem Laden zu helfen.«
Marie warf energisch ihren langen, blonden Zopf über die Schulter. »Franzi hat recht. Wir können nicht alles gleichzeitig machen. Außerdem habe ich mich schon den ganzen Tag auf den Besuch am Strand gefreut.«
Kim seufzte. »Mir geht es ja ähnlich. Aber ab morgen werden die drei !!! ihrem Namen wieder alle Ehre machen.«
»Einverstanden!«, riefen Marie und Franzi. Danach gab es kein Halten mehr. In ihren Badesachen wagten sich die Mädchen in die Ostsee. Die Bucht war nicht besonders tief. Während Marie sich Schritt für Schritt an das kalte Wasser gewöhnte und Kim in Ufernähe stehen blieb, warfen sich Franzi und Antonia mit einem Aufschrei in die Wellen. Nach der harten Arbeit war diese Erfrischung genau richtig. Franzi schwamm und tauchte. Sie fühlte sich wie eine Nixe, die zu lange auf dem Trockenen gewesen war. Trotz der Kälte würde sie stundenlang im Wasser bleiben.

Ganz so lange hielt Franzi es dann doch nicht in der Ostsee aus. Zumindest kam sie immer wieder zum Aufwärmen an Land. Dort lag Marie mittlerweile ausgestreckt auf einem Handtuch. Kim hatte im warmen Sand ein paar Entdeckungen gemacht, die sie vor sich ausbreitete. Es waren lauter Dinge, die man normalerweise einfach übersah, wenn man am Strand spazieren ging. Kim war jedoch gezielt auf der Suche nach Schätzen gewesen. »Kaum zu glauben, was alles vom Meer angespült wird«, sagte sie und deutete auf Herzmuscheln, Scherben einer türkisfarbenen Kachel, abgeschliffene Glasstücke, eine weiße Feder, verwitterte Holzstücke und einen glitzernden Stein.

»Manchmal schenkt einem das Meer wunderschöne Sachen«, stimmte Antonia zu. »Aber manchmal sind es auch Fischgräten, tote Vögel oder Teerklumpen.«

»Also ich freue mich über meine Ausbeute!«, sagte Kim entschieden. »Ich will mir damit ein Türschild basteln.«

»Super Idee«, fand auch Marie. »Hier liegt so viel Treibholz herum. Vielleicht können wir auch noch ein paar Schilder für den Laden machen.«

Antonia sah sich nachdenklich ein Stück Holz an, auf dem sich noch Reste blauer Farbe befanden. »Wenn die Schilder gut werden, stellt Mama sie bestimmt im Laden aus.«

»Dann sucht mal schön.« Franzi sprang auf. »Ich gehe wieder baden.« Kaum hatte sie das gesagt, war sie auch schon bis zu den Knien im Meer. Sie ließ sich fallen, tauchte unter und schwamm unter Wasser weiter. Die Sicht war so klar, dass sie den weißen Sandboden genau erkennen konnte – mit all den kleinen Steinchen, den Krebsen und Muscheln und den Seeschnecken. Als sie prustend wieder an die Oberfläche kam, entdeckte sie am Strand ein Pferd. Sie blinzelte die salzigen Wassertropfen aus ihren Augen. Tante Betti saß auf einem ihrer Ponys. Es war eine kräftig gebaute Stute mit einer schwarzen Mähne und hellgrauem Fell. Auf dem Rücken trug es gefüllte Satteltaschen. Nachdem Tante Betti abgestiegen war, führte sie das Pony zu den Mädchen. Franzi beeilte sich, an Land zu kommen.

»Ich dachte mir, wir machen statt Abendbrot ein Picknick«, sagte Tante Betti gerade. »Man kann ja nicht bis spät in die Nacht schuften.«

Franzi begrüßte das Pferd. »Du bist aber kein Dülmener, oder?«
Tante Betti lachte. »Sie redet nicht so viel. Aber wenn du es genau wissen willst: Leos Vater war ein Friesenhengst, die Mutter eines meiner Dülmis.«
Die Stute reckte sich, um auch etwas von den Leckereien zu erhaschen, die Tante Betti nun aus den Satteltaschen holte. Das Butterbrotpapier raschelte und knisterte aber auch vielversprechend. Sie stellte ihre Ohren auf und blähte die Nüstern. Doch Tante Betti ließ sich nicht erweichen. »Das ist nur für Menschen, glaub mir. Aber ich hätte da noch etwas.« Sie nahm einen Apfel aus der Tasche und hielt ihn dem Pferd hin. Es biss davon ab. Danach genehmigte sich auch Tante Betti einen großen Bissen.
»Uh«, entfuhr es Marie.
»Das habt ihr nicht gesehen«, sagte Tante Betti mit einem schelmischen Grinsen. »Man soll Pferde eigentlich nur mit der flachen Hand füttern. Aber Leo und ich haben da ein paar Jahre Übung.«
»Ich werde das schon nicht nachmachen«, murmelte Kim, die gerade die Picknickdecke ausbreitete.
»Ich habe ganz schön Hunger«, bemerkte Franzi, als sie die Brote sah.
»Das macht die Seeluft«, sagte Tante Betti. »Greift zu.«
Das musste sie nicht zweimal sagen. Kim genehmigte sich ein Sandwich mit Salat, Gurken und Auberginenaufstrich. Dann wandte sie sich an Antonias Tante. »Wer sind eigentlich die Gäste aus dem *Strandkorb*?«
»Du meinst die Hoffmanns?«, hakte Antonia nach.
»Ich sag nur Datenschutz.« Tante Betti lehnte sich zurück und blickte zufrieden über das Meer.
»Ich möchte mir einfach nur ein Bild machen«, setzte Kim erneut an.
»Dann mal sie doch ab.« Tante Betti guckte weiter auf das Meer.
Auf diese Weise kamen sie nicht weiter. Im Büro von Antonias Mutter würden sie vermutlich ein paar Informationen über die

Gäste finden. Zumindest deren vollständige Namen und Adresse. Aber Kim wollte auf einen unbestimmten Verdacht hin nicht das Büro von Frau Hansen durchforsten. Vorerst würde es reichen, die Hoffmanns im Blick zu behalten.

Sie blieben noch lange am Strand sitzen. Schließlich sah Tante Betti auf ihre Uhr. »So spät schon! Die Sonne geht ja sogar schon unter. Ihr müsst morgen früh raus.«
Tatsächlich hatte sich das Licht verändert und es war etwas kühler geworden. Die Segel der weißen Boote leuchteten rötlich und das Wasser schimmerte silbergrau.
»Jetzt sei nicht so spießig, Tante Betti!«, maulte Antonia.
»Ich und spießig!« Tante Betti gab ein röhrendes Lachen von sich. »Der war gut. Aber ehrlich: Deine Mutter hat mich gebeten, euch rechtzeitig zurückzuschicken. Und mit großen Schwestern soll man sich nicht anlegen.« Sie überprüfte, ob alles wieder in den Satteltaschen verstaut war. »Ich mache noch einen kleinen Abendritt zu meiner Galoppstrecke.«
Sie verabschiedeten sich, rafften ihre Strandsachen zusammen und steuerten das kleine Wäldchen an. Unwirsch verscheuchte Franzi mit der freien Hand ein paar Mücken. »Das ist die Kehrseite der Sommertage.«
»Wollt ihr noch einen kleinen Abstecher zu meinem Zauberbaum machen?«, fragte Antonia.
»Oh ja!«, antwortete Marie sogleich.
»Tarot, Orakel und magische Orte«, Kim sah gespielt verzweifelt zu den Baumkronen hinauf. »Damit kann man Marie überallhin locken.«
»Es sei denn, man lenkt sie mit Make-up-Pröbchen auf einen anderen Weg«, fügte Franzi hinzu.«
»Hör nicht auf sie«, protestierte Marie.

»Die Eiche steht wirklich an einem magischen Ort.« Antonia ließ sich von Franzi und Kim nicht ärgern. »Ihr werdet schon sehen.« Sie führte die Mädchen auf einen kleinen Pfad, der vom Weg abbog. Hier wucherten Brennnesseln, Klettkraut und Schafgarbe. Kim befürchtete, dass dieser Ort vor allem Mücken und Zecken magisch anzog. Kurz darauf erreichten sie die riesige Eiche. Der Boden rings um den Baum war übersät mit kleinen, gelben Blumen. Dahinter lag ein Teich mit dunklem Wasser – voll mit Wasserlinsen und Seerosenblättern. Antonia erzählte etwas von uralten Kräften, Erdenergie, der Weisheit der Bäume und einer Eule, die hier angeblich wohnte. Aber Kim hörte nur mit halbem Ohr zu. Irgendwo, hinter dem Quaken eines Frosches und der Stimme von Antonia, hörte sie ein dumpfes Pochen. Einmal, zweimal, dreimal. Bumm. Bumm. Bumm. Dann ein hoher, heller Schrei und wieder ein Pochen.

»Hört doch mal!« Kim stapfte an der Eiche vorbei und zwängte sich durch ein niedriges Gebüsch. Nun hatte sie freien Blick über die Felder. Die Sonne versank gerade als blutroter Ball am Horizont. Ganz in der Nähe lag ein Bauernhof. Er bestand aus einem Silo, einer Scheune, einem riesigen Stallgebäude und einem Wohnhaus. In den Stall konnte Kim direkt hineinsehen, da die kurze Seite offen war. Soweit sie das im Halbdunkel erkennen konnte, standen keine Tiere im Stall. Auch die Weiden um den Hof waren leer.

»Das ist der Hof von Kurt Bredhorn.« Antonia trat neben Kim.

»Da war eben ein Schrei«, zischte Kim.

»Mensch oder Tier?«, wollte Franzi wissen.

Kim beugte sich vor. »Ich glaube, es war ein Tier.«

»Bredhorn hat vor Kurzem alle seine Kühe verkauft«, sagte Antonia. »Andere Tiere hat er nicht. Höchstens die Schwalben, die im Gebälk nisten.«

Es knallte. Ein metallisches Scheppern folgte. Dieses Mal hatten es alle gehört.
»Da ist wirklich etwas auf dem Hof!« Antonia sah die drei !!! überrascht an. »Vielleicht ist Bauer Bredhorn gestürzt und versucht, sich bemerkbar zu machen. Er ist nicht mehr der Jüngste.«
»Wir sollten nachschauen«, sagte Franzi leise.
»Und wenn es Einbrecher sind?« Antonia machte unwillkürlich einen Schritt zurück – mitten in die Brennnesseln. Sie verzog das Gesicht.
»Du kannst ja hierbleiben«, sagte Marie kühl.
Doch da hatte sie die Rechnung ohne Antonia gemacht. Das Mädchen atmete einmal tief ein, dann stapfte sie voraus. Die drei !!! folgten ihr erst über eine verlassene Weide und dann über die Rückseite des Hofes hin zu dem großen Stall. Er hatte die Ausmaße einer großen Reithalle und war ähnlich gebaut. An einer Seite standen die großen Rolltore offen, sodass man ungehindert hineingehen konnte. Ein letzter rötlicher Sonnenstrahl fiel durch die schmalen Fenster an den langen Seiten, dann gewann das Zwielicht. Es gab zwar mehrere Neonröhren im Stall, jedoch war keine davon eingeschaltet. Die Mädchen gingen nebeneinander durch den Mittelgang. Hier und da lagen noch Reste von Silage. Ein leichter Tiergeruch erinnerte daran, dass hier mal eine ganze Herde Kühe gelebt hatte. Links und rechts des Mittelgangs befanden sich die Bereiche, in denen die Kühe gefressen und geschlafen hatten. Anders als bei Pferden gab es keine einzelnen Boxen, sondern größere Freiflächen, die mit Metallgittern gesichert waren.
»Die letzten Kühe wurden erst vor ein paar Wochen verkauft«, sagte Antonia leise.
Franzi sah sich um. Der leere Stall wirkte gespenstisch. So, als gehörte er zu einer unbewohnten Geisterstadt. Falls es hier noch Schwalben gab, waren die pünktlich zum Sonnenuntergang in ihren Nestern verschwunden. Nichts regte sich. Doch kaum hatte

Franzi darüber nachgedacht, als das dumpfe Pochen wieder einsetzte gefolgt von dem metallischen Geräusch. Kim zuckte zusammen. »Da ist es wieder.«

»Es kam von dort!« Franzi deutete auf das Ende der Halle. Dort führte ein breiter Flur in einen Anbau.

»Da müsste die Milchkammer sein«, raunte Antonia. »Und vielleicht die Technikanlagen. Ich kenne mich in Kuhställen leider nicht so gut aus.«

Der Gang teilte sich. Auf der einen Seite gelangte man zu einem gekachelten Raum, der aus zwei Ebenen bestand. Es gab eine runde Bühne, die ringsum ein Geländer hatte. In der Mitte lag ein tieferer Bereich mit Schläuchen, Rohren und etwas, das aussah wie ein leicht verdreckter Computer auf Stelzen. Das Ganze erinnerte an eine alte Fabrik.

»Das muss das Milchkarussell sein«, erklärte Antonia. »Hier wurden die Kühe gemolken.«

Der Raum war düster und alles andere als einladend. Franzi merkte, dass sie eine Gänsehaut bekam.

»Herr Bredhorn?«, rief Kim zögerlich. Es folgte keine Antwort.

Marie sah sich um. »Hier ist niemand.« Kaum hatte sie das gesagt, als das Klopfen erneut erklang. Dieses Mal eindeutig aus dem Raum hinter ihnen. Sie verließen die Milchkammer und öffneten eine Metalltür. Dahinter lag ein weiterer gekachelter Raum. Die Mädchen sahen mehrere Schränke und drei Boxen – alles aus Metall. Franzis Vater arbeitete als Tierarzt. Daher wusste sie, dass es manchmal nötig war, Tiere von der Herde zu trennen. Zum Beispiel, wenn sie krank waren. Schließlich sollten sich die anderen Tiere nicht anstecken. In diesem Raum jedoch befand sich keine kranke Kuh. Auch kein gestürzter Bauer.

»Ach du meine Güte!«, entfuhr es Antonia. Entsetzt riss sie die Augen auf.

Detektivtagebuch von Kim Jülich
Donnerstag, 22:38 Uhr

Die drei !!! haben einen neuen Fall! Oder vielleicht sogar gleich drei neue Fälle. 1. Auf dem Bauernhof wurde Marmelade entwendet. 2. Die Feriengäste aus der Wohnung unter uns führen offenbar etwas im Schilde. Und wir sind schon am Überlegen, ob sie vielleicht mit unserem dritten Fall in Verbindung stehen. Aber eins nach dem anderen. Wir haben bei einem Ausflug merkwürdige Geräusche gehört. Sie kamen aus dem verlassenen Kuhstall von Bauer Kurt Bredhorn. Kühe gibt es bei ihm schon seit mehreren Monaten nicht mehr, aber er ist den Hof noch nicht losgeworden. Deshalb vermietet er Stellflächen für Wohnmobile, Autos und Landwirtschaftsmaschinen. Bislang mit geringem Erfolg. Doch offenbar vermietet er auch Platz an Tierbesitzer. In einer Kammer, die wahrscheinlich früher für Quarantänefälle genutzt wurde, haben wir ein Pferd gefunden. Franzi meint, es sei vermutlich ein Holsteiner. Das ist eine Warmblutrasse, die gern als Sportpferd genutzt wird. Das Tier stand ganz allein in dem Raum und hat mit dem Huf gegen den Futtertrog und gegen die Metallstangen seiner Box getreten. Antonia (die Tochter unserer Gastgeber) war entsetzt. Pferde sind Herdentiere und sind allein unglücklich. Außerdem wirkte das Tier verstört. Wer stellt sein Reitpferd einfach bei einem Bauern unter, der es nicht richtig pflegt? Hier in der Umgebung gibt es doch genug Ställe, die Boxen anbieten. Und das sogar zu fairen Preisen. Antonia meinte auch, dass Bauer Bredhorn noch nie Pferde gehalten hat. Er mag sie noch nicht einmal! Sehr seltsam. Wir werden morgen gemeinsam zu dem Bauern gehen und ihn auf das Pferd ansprechen. Marie denkt, dass das seltsame Pärchen etwas damit zu tun haben könnte. Vielleicht geht es ja wirklich um die Quarantäne eines kranken Pferdes oder um einen Versicherungsbetrug. Es kommt wohl vor, dass Leute ihre Pferde als gestohlen melden, um dann eine stattliche Summe von der Versicherung zu kassieren. Wir müssen das alles überprüfen. Das ist gar nicht so einfach. Schließlich haben wir hier auch noch einen Job: Wir helfen dabei, einen Laden herzurichten. In ein paar Tagen ist schon die Einweihung.

Geheimes Tagebuch von Kim Jülich
Donnerstag, 22:45 Uhr

Mein Tagebuch bleibt auch auf den letzten Seiten STRENG GEHEIM! Wer das liest, wird von Mücken heimgesucht und von Zecken gebissen! Versprochen!

Es ist schon superspät, außerdem habe ich nur noch drei Seiten in diesem Buch übrig. Darum heute nur kurz: Ich habe vor, aus einem Brett vom Strand ein Türschild zu machen. Die Idee habe ich Frau Hansen (unserer Gastgeberin) erzählt und sie fand es super. Ich soll unbedingt auch ein paar Schilder für den Laden machen. Dann natürlich nicht mit meinem Namen, sondern mit Begriffen wie Sonne, Strand oder Urlaub. Und vielleicht auch ein Brett mit einem Spruch. So etwas wie »Sonne geht immer« oder »Mehr Meer, bitte!«

Es gibt Läden, die Möbel und Kunst aus Strandgut verkaufen. Angeblich sind die Preise da so salzig wie das Meer. Aber klar: Das sind ja auch alles Einzelstücke. Kein Brett ist wie das andere und jede Muschel ist besonders. Ich freue mich schon so darauf, wieder am Strand auf Schatzsuche zu gehen!

Meer
Kim
Die drei !!!
Die drei !!!
Die drei !!!

DU BRAUCHST …

- Holzbrett (z. B. Treibholz oder eine Leiste von einer alten Obstkiste)
- Farbe (z. B. Acryl oder Schulmalfarbe)
- Dekomaterial (z. B. Muscheln, Pailletten, Filz, Moosgummi, Glitzerkleber)
- evtl. Ösen zum Aufhängen

SCHWIERIGKEITSGRAD

- mittel

Das Meer an der Tür

Mit diesen Brettchen holst du dir das Strandfeeling direkt ins Haus und zeigst auch gleich allen, wo dein Reich beginnt.

1 Wähle ein Stück Holz, das die richtige Größe für dein Türschild hat. Wichtig ist, dass es nicht zu schwer ist, sonst wird das Aufhängen später ein Problem.

2 Ob du eine Hintergrundfarbe wählst, entscheidest du nach deinem Geschmack. Male das Holz mit Acrylfarbe oder Schulmalfarbe an. Auf hellem, glattem Holz kannst du auch mit Aquarellstiften arbeiten. Lass alles gut trocknen.

Treibholz verwenden

Am Strand liegen oft tolle Bretter herum. Aber Achtung: Manche sind mit Teer verschmiert oder haben andere Verschmutzungen. Lass diese Bretter lieber liegen. Frage auch deine Eltern oder Großeltern nach Holzresten.

3 Nun schreibst du deinen Namen auf das Schild oder schneidest die Buchstaben aus Bastelfilz oder Moosgummi aus und klebst sie auf das Holz. Auch mit Pailletten, Glitzerkleber oder einem Goldstift kannst du deinen Namen schreiben. Glitzerkleber oder Glitzernagellack solltest du vorher auf der Rückseite des Holzes testen.

Muscheln oder Schmucksteinchen klebst du mit einer Heißklebepistole auf.

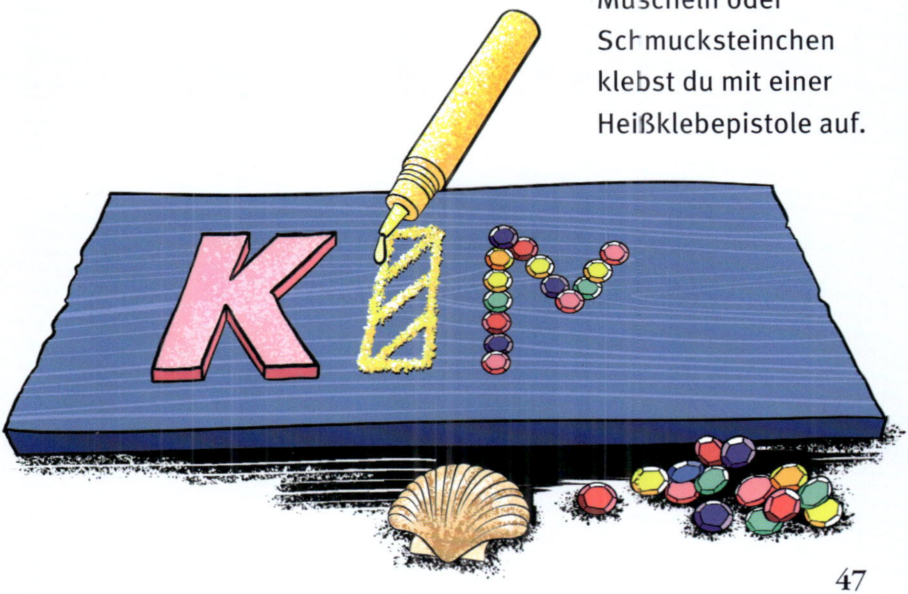

4 Knote ein Band links und rechts um das Holz. Oder schraube zwei Ösen in die Oberseite des Brettes. Daran befestigst du eine Schnur als Aufhängung.

Kims Tipp

Motto statt Name!
Du kannst auf dem Schild auch Begriffe wie »Sonne«, »Strand« oder »Meer« verwenden, um Urlaubsstimmung in dein Zimmer zu bringen. Als Geschenke eignen sich auch Schilder mit dem Alter des Geburtstagskinds oder einem guten Wunsch wie »Glück« oder »Liebe«.

Ein vierbeiniger Gast

»Bevor wir mit der Arbeit anfangen, gehen wir zu Bauer Bredhorn«, entschied Kim, als sie sich am nächsten Morgen in ihrer Ferienwohnung fertig machten. Marie brauchte wieder einmal etwas länger. Franzi klopfte an die Tür des Badezimmers. »Weißt du eigentlich, dass du ohne Schminke am schönsten bist? Und das sage ich jetzt wirklich nicht, damit du dich beeilst. Das ist ein echter Freundschaftstipp.«

»Ich stimme zu«, rief Kim. Tatsächlich meinte sie es ehrlich. Aber Marie brauchte trotzdem noch weitere zehn Minuten, bis sie fertig war. Im Eiltempo düsten die Mädchen die Treppen hinunter, über den Hof und durch die Tenne ins Bauernhaus. Dort wurden sie schon von Antonia erwartet. »Wo bleibt ihr denn?«

»Frühstück um acht Uhr«, sagte Kim und warf einen Blick auf ihre Uhr. Es war 8.13 Uhr. »Okay, knapp vorbei. Aber jetzt sind wir ja da.«

»Ich bin heute Morgen schon geritten«, erklärte Antonia im Gehen. »Und ich habe Tante Betti von dem Pferd erzählt.«

»Was?«, riefen Kim und Marie gleichzeitig.

»Aber wir wollten das doch heute allein regeln«, sagte Franzi enttäuscht.

Antonia zuckte mit den Achseln. »Tante Betti wollte sofort rübergehen und das Pferd mitnehmen, aber Mama hat sie zurückgehalten. Tante Betti und Bredhorn können sich gegenseitig nicht ausstehen und es gibt am Ende nur Streit. Vermutlich wird meine Mutter sich nachher bei ihm nach dem Tier erkundigen.«

Frau Hansen kam mit einem Tablett aus der Küche. »Ich bin mir sicher, dass es dafür eine vernünftige Erklärung gibt. Und jetzt sollten wir schnell frühstücken. Der Einkauf steht an und ich will heute den Traktor reparieren, der kommt nämlich langsam in die Jahre.«

»Landleben ist eben nicht nur Küken streicheln«, erklärte Antonia überflüssigerweise. Dabei wussten die drei !!! längst, dass ein Bauernhof unglaublich viel Arbeit machte. Neben den Tieren und den Pflanzen gab es schließlich noch die Aufgaben im Büro und die Wartung der Maschinen. Außerdem waren da auch noch die Ferienwohnungen. Wenn nicht genug Geld zusammenkam, mussten die Hansens zusätzlich Aushilfsjobs in der Gegend annehmen.

»Hätten Sie etwas dagegen, wenn wir mit dem Bauern reden?«, fragte Kim, als sie alle am Tisch saßen. »Dann können Sie in Ruhe den Trecker reparieren. Wir werden auch ganz freundlich sein.«

»Kurt Bredhorn ist speziell«, gab Christine Hansen zu bedenken. »Er wird ein paar Mädchen aus der Stadt wohl kaum respektieren. Aber ihr könnt es versuchen – solange Betti sich nicht einmischt.«

»Wir werden das schon regeln«, versprach Marie.

Frau Hansen nickte. »Meinetwegen, aber wartet bitte noch etwas. Herr Bredhorn ist ein echter Morgenmuffel. Seit er keine Kühe mehr hat, lässt er es vormittags langsam angehen.«

Nach dem Frühstück ging es in den alten Kälberstall. Mit Besen, Wischmopp und Eimer bewaffnet stellten sich die Mädchen dem Dreck, der sich über Jahrzehnte hier angesammelt hatte. Kim stöhnte. Wo man auch hinblickte, sah man Spinnweben, Staub, Schwalbendreck, tote Fliegen und Strohreste. Sie einigten sich darauf, als Erstes den groben Dreck zu beseitigen und sich später um die Feinheiten zu kümmern. Nach einer halben Stunde erhielten sie unerwartete Hilfe. Freunde von Antonia tauchten auf, um beim Großputz zu helfen. Da sie nun zu zehnt waren, ging die Arbeit rasch voran. Es wurde gefegt, geschrubbt und gewischt. Die drei !!! und die Jugendlichen aus Katenkoogen lieferten sich dabei ein Duell,

wer seinen Teil des Stalls schneller auf Vordermann bringen konnte. Christine Hansen stellte den Helfern zwischendurch einen Krug mit selbst gemachter Limonade hin. Franzi genehmigte sich gerade einen Schluck, als ein weiterer Junge auf einem Mountainbike angefahren kam. Er bremste und kam dicht neben ihr zu stehen. »Hi!«
»Hallo!« Franzi merkte, dass sie rot wurde.
»Rick!« Antonia stellte achtlos ihren Becher ab. »Willst du reiten?«
»Na, offensichtlich habt ihr hier gerade andere Pläne.« Rick deutete auf die Putzgeräte, die an der Wand des alten Stalls lehnten. »Aber wenn es geht, würde ich heute Nachmittag gern eines eurer Ponys mieten. Ich möchte doch zu gerne mal sehen, was Dülmener so draufhaben.«
Antonia winkte ab. »Du kannst kostenlos bei uns reiten.«
Ein Junge hinter ihr lachte auf. Zwei Mädchen kicherten. Franzi fand, dass Antonia sich zu sehr bemühte. Rick strich sich die dunklen Haare aus der Stirn. »Okay. Das ist sehr nett von dir. Vielleicht kann ich ja im Gegenzug hier mithelfen?«
»Das wäre toll«, freute sich Antonia. Sie drehte sich zu den drei !!! um. »Wie wäre es, wenn ich hier noch etwas weiterputze und ihr schon mal die Holzschilder und die Fotoschachteln macht?«
»Fotoschachteln?«, fragte Franzi verdutzt.
»Frau Hansen hat das gestern beim Kaffeetrinken erzählt«, erklärte Kim. »Du warst mit deinen Gedanken woanders.«
»Kann sein«, gab Franzi zu.
»Wir sollen Rahmen aus bunt beklebten Streichholzschachteln basteln.«
»Hinein kleben wir Fotos aus der Umgebung«, ergänzte Marie. »Das sollen schöne, kleine Andenken für Touristen werden.«
Kim sah erneut auf die Uhr. »Wir haben es Frau Hansen versprochen. Aber um halb elf treffen wir uns wieder hier. Wir haben ja noch etwas vor.« Sie sah Antonia an.

»Geht klar.« Antonia drückte Rick einen Besen in die Hand. »Wir sehen uns.«

»Die wollte uns regelrecht loswerden«, schimpfte Marie, als sie sich mit dem gesammelten Strandgut in die kleine Werkstatt der Hansens zurückzogen. Frau Hansen hatte ihnen erlaubt, hier zu arbeiten. Durch das Fenster der Werkstatt konnte man die ausgebaute Scheune sehen. Die Mädchen würden es mitbekommen, wenn Hoffmanns ihre Ferienwohnung verließen. Bislang hatte sich das Paar nicht blicken lassen.
»Sie ist sonst wirklich ganz nett«, warf Franzi ein.
»Rick hat ihr ganz schön den Kopf verdreht«, sagte Kim, während sie ein verwittertes Brett mit blauer Acrylfarbe einpinselte.
»Ich finde es unfair, sie komplett auszuschließen«, fand Franzi. »Außerdem brauchen wir sie, wenn wir mit Bauer Bredhorn reden wollen.«
»Hoffmanns verlassen die Scheune«, zischte Marie plötzlich. Sie griff in ihre Tasche und zog ihr Smartphone heraus. »Los, kommt!« Mit erhobenem Handy stolzierte sie aus der Werkstatt auf den Hof. Franzi und Kim folgten ihr ratlos. Marie hatte offensichtlich einen Plan. Sie schaltete auf dem Handy die Kamerafunktion ein. »Der alte Kälberstall ist doch ein perfektes Motiv für die Fotoschachtel.«
»Oh ja!«, bekräftigte Kim.
»Und dann müssen wir unbedingt noch das Haupthaus von vorne aufnehmen.« Marie betätigte wieder und wieder den Knopf für den Auslöser. »Los beeilt euch, wir müssen die Schachteln heute Mittag fertig haben.«
Endlich ging auch Franzi ein Licht auf. Marie hatte einen Vorwand gefunden, um Fotos von dem Pärchen zu machen. Während sie scheinbar alles auf dem Hof fotografierte, fiel es nicht auf, dass sie eine ganze Serie von den Hoffmanns machte. Als das Pärchen

ins Auto stieg, machte Marie auch noch ein Foto vom Nummernschild.
»Wofür steht LÜN?«, fragte Franzi, als der Wagen startete.
»Keine Ahnung.« Marie wischte mit dem Finger über das Display des Smartphones. »Aber einige Bilder sind super geworden. Man kann die Hoffmanns darauf genau erkennen.«

Auf dem Weg zu Bauer Bredhorn geriet Marie erneut in Fotografierlaune. Dieses Mal aber nicht als Detektivin. Über ihnen erstreckte sich der Himmel in tiefem Blau mit einzelnen Schäfchenwolken, die im Seewind dahinschwebten. Die Natur um sie herum erstrahlte in kräftigen Tönen. Vom intensiven Gelb bis hin zum leuchtenden Grün. Von den verwaschenen Farben des Winters war nichts mehr zu sehen. Trotzdem wirkte es nach den langen, kalten Monaten beinahe wie in einem Traum – zumindest wenn nicht ausgerechnet Plastikmülltag gewesen wäre. An der Landstraße hatten Hansens und ihre Nachbarn schon die gelben Säcke rausgestellt und der Wind trug hin und wieder den Geruch von Hundefutter, saurer Milch und altem Fisch herüber. Die drei !!! und Antonia wählten die Abkürzung über den Feldweg, kletterten über den bewachsenen Wall und näherten sich dem Hof von der Rückseite. Muntere Schwalben schwirrten aus dem Kuhstall und wieder zurück. Doch von dem Pferd war heute nichts zu hören. Die Mädchen steuerten als Erstes das Wohnhaus an. Es war ein heruntergekommener Bau mit einer Tür aus braunen Glassteinen. Die Klingel schnarrte heiser.
»Ich komm ja schon«, hörten sie eine unwirsche Stimme im Flur. Hinter den Glassteinen tauchte ein Umriss auf. Dann wurde die Tür geöffnet. Ein Mann mit spärlichen weißen Haaren und einer dicken, grünen Brille schaute ihnen entgegen. »Was is' denn?«
»Sind Sie Kurt Bredhorn?« Marie setzte ihr freundlichstes Lächeln auf.

»Ich kaufe nix«, verkündete der Mann.
»Und wir verkaufen nichts«, erklärte Marie sanft. Sie deutete auf das Mädchen mit den braunen Locken. »Wir sind mit Antonia Hansen hier.«
Der Bauer zog die Augenbrauen zusammen. »Ich spende auch nichts.«
»Wir möchten mit Ihnen über das Pferd reden«, mischte sich Kim ein. »Durch Zufall haben wir erfahren, dass Sie eines in Ihrem Kuhstall halten.«
»Das ist ja wohl meine Sache.« Brauer Bredhorn verschränkte die Arme.
»Selbstverständlich«, sagte Marie schnell. »Wir wollen auch keinen Ärger. Aber wir wollen das Beste für das Tier!«
»Es braucht Artgenossen«, rief Franzi. »Andere Pferde. Und nach Möglichkeit auch eine Weide – oder zumindest eine hellere Box mit Ausblick.«
Kim setzte ein besonders mildes Lächeln auf. »Wir haben Bettina Fink noch nichts davon erzählt. Wie gesagt, wir wollen keinen Ärger.«
»Meine Tante Betti würde garantiert gleich den Tierschutz alarmieren«, fügte Antonia hinzu. »Oder sie alarmiert Kommissar Hansen. Der ist ja mein Onkel.«
»Den Ärger kann ich nicht auch noch gebrauchen.« Der Bauer sackte förmlich in sich zusammen. »Aber ich kann das Pferd nicht rauslassen.«
»Ist es krank?«, hakte Franzi nach. »Muss es deswegen in der Quarantänebox stehen?«
»Der Gaul ist nicht krank«, knurrte Bauer Bredhorn. »Das ist ein Geschenk für ein Mädel. Sie soll es vor ihrem Geburtstag nicht sehen. Darum steht es bei mir. Der Vater hat mein Schild an der Straße gesehen und gefragt, ob er den Gaul ein paar Tage hier abstellen darf. Mittwoch holt er ihn ab.«
»Das klingt reichlich merkwürdig«, fand Kim.

Marie zückte ihr Smartphone und scrollte durch die Bilder. Dann hielt sie dem Bauern ein Bild direkt unter die Nase. »War das der Mann?«
Kurt Bredhorn kniff die Augen zusammen. »Nee. Der hatte andere Haare und war mindestens 50 Jahre alt. So ein feiner Pinkel mit rosa Polohemd.«
»Hat er mit Ihnen einen Mietvertrag für die Box abgeschlossen?«, wollte Franzi wissen.
»Wir sind hier auf dem Land. Da gilt Handschlag«, brummte der Mann.
»Dann hat er Ihnen vermutlich auch nicht den Equidenpass gezeigt, oder?«
»Den was?« Der Bauer sah Franzi finster an.
»So heißen Pferdepässe«, erklärte Antonia. »Da stehen alle Angaben drin – vom Namen des Pferdes über die Rasse bis hin zu Abzeichen, Zuchtbrand und Chipnummer.«
»Mensch Mädel, ich bin Bauer, kein Grenzbeamter.«
»Das Pferd kann jedenfalls nicht hierbleiben«, sagte Franzi mit Nachdruck.
»Wir könnten das Tier bis Mittwoch übernehmen«, schlug Antonia vor. »Wir machen auch garantiert keine Ausritte. Und bei uns auf der Koppel sehen es nur die Gäste. Ein Mädchen wohnt nicht bei uns. Und ein fein angezogener Mann um die fünfzig auch nicht. Da wird die Überraschung schon nicht ruiniert.«
»Das Angebot sollten Sie annehmen«, sagte Marie. Es klang freundlich, aber sehr bestimmt.
»Meinetwegen. Bevor mir der Gaul noch den Stall zertrümmert.« Der alte Mann schlug mit der flachen Hand auf den Türrahmen. »Aber ihr haltet die Fink von meinem Hof fern. Die macht nur Ärger. Und bringt das Vieh pünktlich zurück!«
»Versprochen!« Franzi strahlte.

»Das ganze Zeug zum Anbinden liegt im Stall. Ihr findet das schon.« Mit diesen Worten schlug er die Haustür zu.
»Etwas unfreundlich«, fand Kim, als sie nebeneinander in den Stall gingen.
»Herr Bredhorn ist eigentlich in Ordnung«, meinte Antonia. »Aber die Arbeit hier ist ihm über den Kopf gewachsen. Seine Frau hat ihn schon vor Jahren verlassen und er konnte irgendwann einfach keine Kühe mehr sehen. Ich glaube, er wollte sich irgendwo eine Wohnung kaufen und ganz aus der Landwirtschaft aussteigen.«
Ein lautes Scheppern unterbrach das Gespräch.
»Das ist unser neuester Gast«, sagte Antonia. Man konnte hören, dass sie sich freute.
»Wir wissen gar nicht, wie das Pferd heißt.« Franzi öffnete die Tür zu der Quarantänekammer. Ein tiefes, dumpfes »Höhöhöhöhö« erklang. Das Pferd stellte die Ohren auf. Neugierig blickte es seine Besucher an. Im Tageslicht, das durch die schmalen Fenster aus Wellplastik fiel, konnten sie sehen, dass es ein schwarzbrauner Hengst mit glänzendem Fell war. Franzi begutachtete ihn fachmännisch. Auf den ersten Blick machte das Pferd einen gesunden Eindruck. Es hatte saubere Augen und Nüstern, war durchtrainiert und nicht überfüttert. Auf dem rechten Oberschenkel befand sich ein Zuchtbrand. »Tatsächlich ein Holsteiner«, stellte Franzi fest.
Antonia hatte unterdessen das Halfter und den Führstrick gefunden. Der Hengst blieb ganz ruhig, während sie ihm das Halfter anlegte.
»Du hast dich gelangweilt, nicht wahr?« Franzi tätschelte ihn am Hals. »Darum hast du gegen die Eisenstangen getreten. Und gegen deinen Trog.«
»Wir müssen vorsichtig sein«, gebot Antonia, als sie den Riegel des Tors hochschob. »Er wirkt relativ ruhig, aber wir wissen nicht, wie er reagiert, wenn er ein Auto sieht oder Vögel oder andere Menschen. Pferde können sehr schreckhaft sein.«

»Marie und Kim halten etwas Abstand«, entschied Franzi. »Du führst ihn und ich passe auf.«

Der Weg zurück zum Hof der Hansens war alles andere als einfach. Allerdings nicht, weil der Holsteiner schreckhaft war. Im Gegenteil: Weder das Knattern eines Mopeds in der Ferne noch das Rascheln einer Amsel im Gebüsch jagte dem Hengst Angst ein. Dafür war er ganz wild auf das fette, grüne Gras und den Löwenzahn am Wegrand.
Energisch zog Antonia am Führstrick. »Der holt sich noch eine Kolik, wenn der so weitermampft!«
»Das Pferd ist ein prima Rasenmäher«, sagte Marie zu Kim. Die beiden hielten sich an den Plan mit dem Sicherheitsabstand und gingen weit hinter Franzi und Antonia. Der Hengst mochte freundlich sein, aber er war auch unglaublich groß. Nebenbei verfügte er locker über 500 Kilo Lebendgewicht, mit denen er die Mädchen ohne Weiteres erdrücken könnte.
»Das Tier ist ein Blumenkiller«, fand Kim. »Aber er sieht sehr schön aus. Vielleicht mache ich ein Foto von ihm. Dann haben wir auch gleich ein weiteres Motiv für die Streichholzschachteln.«
»Warum müssen es eigentlich Fotos sein?«, überlegte Marie. »Könnte es nicht auch ein Songtext sein?«
»Die schöne Marie«, stimmte Kim an, »ist ein echtes Genie. Und so schön wie sie bin ich leider nie.«
Marie prustete los. »Überlass das Songtexten besser anderen.«
Kim machte eine ausladende Handbewegung. »O liebe Marie, das ist doch Poesie.«
»Es reimt sich«, gackerte Marie. »Aber das macht es nicht besser. Du erschreckst noch das Pferd.«
Als hätte der Hengst diesen Satz verstanden, stieß er plötzlich ein lautes Wiehern aus.

Sei immer du selbst!
Die drei !!!

DU BRAUCHST …

- leere Streichholzschachtel (am besten Schachtel von Kaminhölzern)
- Klebstoff
- Schere
- buntes Papier
- Foto
- Deko (z. B. eine hübsche Schnur, Glitzerherzchen, Anhänger oder Aufkleber)

SCHWIERIGKEITSGRAD

- einfach

Eine Schachtel voll Sommer

Das Meer im Taschenformat … oder eine Box für dein Lieblingspferd? Hier werden Fotos und Bilder zu kleinen Schätzen, die du auch toll verschenken kannst.

1 Schneide das Foto so zurecht, dass es innen in die Schachtel passt. Klebe es sorgfältig fest.

2 Jetzt beklebst du die Außenhülle mit Papier. Schneide aus Geschenkpapier, Glitzerfolie, Packpapier oder buntem Zeitungspapier einen Streifen, der so breit wie die Schachtel ist und einmal herumpasst. Klebe ihn fest. Auch die Papierstempel von Seite 149 sind eine schöne Deko.

3 Verziere die Schachtel mit einer kleinen Schleife, einer aufgeklebten Muschel, Pailletten, Aufklebern, Filzblumen, Herzchen oder Schrift aus Glitzerklebstoff.

Maries Tipp

Es muss nicht immer ein Foto sein. Auch ein selbst geschriebenes Gedicht oder ein Liedtext eignen sich. Die Schachtel wird zu einem ganz besonderen Liebesbrief, indem du ein Herz hineinklebst.

Großeinsatz

Der Hengst riss am Halfterstrick. Dieses Mal ging es ihm nicht um den Löwenzahn und das Gras. Er hatte etwas entdeckt, was ihn offensichtlich sehr interessierte. Tante Betti war auf dem Reitplatz. Sie longierte gerade eine zierliche Dülmener Stute. Schließlich entspannte sich der Hengst doch wieder etwas. Anscheinend roch die Stute nicht spannend genug.

»Bringt ihn nach vorn«, rief ihnen Tante Betti zu. »Ich stelle Minga wieder auf die Koppel.«

Bereitwillig ließ sich der Holsteiner von Antonia auf den Hof führen. Wenig später kam Tante Betti um die Ecke. »Na, da habt ihr aber ein echtes Prachtexemplar mitgebracht.« Sie umrundete den Hengst, dem noch die Überreste einer Löwenzahnblüte am Maul klebten.

»Gestatten, Blumenkiller!«, stellte Marie ihn vor.

»Blumenkiller?« Franzi sah ihre Freundin vorwurfsvoll an. »Ich nenne dich ja auch nicht Haarkurkiller oder Make-up-Mörderin. Blume allein reicht doch wirklich.«

»Schon gut!« Marie hob die Hände. »Das ist also Blume.«

Antonia berichtete ihrer Tante von dem Gespräch mit Bauer Bredhorn.

»Gut, dass ihr ihn geholt habt«, lobte Tante Betti anschließend. »Das Tier ist hier besser aufgehoben.«

»Blume scheint gesund zu sein«, meinte Franzi. »Ich kann jedenfalls keine Anzeichen einer Krankheit erkennen.«

»Sieht so aus«, fand auch Tante Betti. »Aber wir können ihn trotzdem nicht mit meinen Dülmies auf die Weide stellen. Das sind alles Stuten.«

»Soll er in eine Box?«, fragte Antonia.

»Ich werde ihn gleich mal longieren«, entschied Tante Betti. »Er braucht etwas Bewegung. Und dann können wir ihn mit Old Shettyhand auf den kleinen Paddock stellen. Der kleine Frechdachs verträgt sich mit allen Pferden, und wenn der Hengst trotzdem Probleme macht, haut Old Shettyhand einfach ab.«

»Mama will aber, dass wir den Paddock ausbruchssicher machen«, widersprach Antonia.

Tante Betti nahm ihr den Führstrick ab und schnaubte. »Das kommt nicht in die Tüte. Old Shettyhand ist zwar klein, aber er hat eine riesige Persönlichkeit. Man kann ihn nicht einsperren.«

»Dürfen wir beim Longieren zugucken?«, fragte Kim. Franzi warf ihr einen erstaunten Blick zu. Sonst war ihre Freundin nicht so interessiert an Pferden. Aber dann verstand sie: Das Rätsel um den Hengst war noch nicht gelöst. War er wirklich nur ein Geschenk für ein Mädchen oder gab es hier ein Geheimnis?

»Wolltet ihr nicht Christine helfen?« Tante Betti deutete zum alten Kälberstall. Die Jugendlichen aus dem Dorf waren zum Mittagessen nach Hause gefahren und Rick hatte sich schon vor über einer Stunde verabschiedet. »Außerdem gibt es bestimmt gleich was zu futtern.«

Nach einem weiteren Großeinsatz war der alte Stall nun komplett leer und sauber. Nur ein leichter Geruch nach Staub, Heu und Rasenmäherbenzin hing noch immer in der Luft. Christine Hansen fand das nicht sonderlich schlimm. »Wir wollen ja keine Szeneboutique eröffnen, sondern einen Hofladen.« Sie sah sich zufrieden um. »Ich stelle mir das alles ganz rustikal vor. Dort hinten ein paar Regale aus alten Obstkisten, hier ein antiker Bauerntisch als Verkaufstresen und vielleicht noch ein paar Strohballen, auf denen wir Einzelstücke dekorieren. Hinten um die Ecke werden dann die

Futtermittel stehen, links davon bauen wir die Reitabteilung auf.« Sie schnappte sich ein Klemmbrett mit einem Stift und einer langen Liste. Darauf waren bereits mehrere Einträge abgehakt. »Ich muss noch ein paar Artikel in Klarsichtfolie verpacken und Preisschilder machen. Dabei könnte ich gut Hilfe brauchen.«

»Wir sind dabei«, versprach Kim.

»Dürfte ich vorher einmal kurz ins Internet?«, fragte Franzi. »Ich möchte etwas nachschauen.«

»Das kannst du gern bei mir im Büro machen«, schlug Christine Hansen vor. »Das ist zugleich auch mein Bastelzimmer.«

Das Büro entpuppte sich als großer Raum, der in zwei vollkommen unterschiedliche Hälften eingeteilt war. Während der vordere Bereich aus einem schmucklosen Arbeitstisch, einem Computer, Rollschränken und Aktenordnern bestand, herrschte im hinteren Teil des Raumes kreatives Chaos. Körbe mit Stoffresten standen neben Stapeln aus buntem Papier. An den Wänden hingen Blechtöpfe aus denen Scheren, Pinsel, Stifte und Lineale ragten. Es gab eine Pinnwand mit Entwürfen, Plastikboxen mit bunten Perlen und Schnüren, schillernden Knöpfen, glitzernden Schmucksteinchen und glänzenden Pailletten. Daneben lagen Stempelkissen, Rollen mit Motivklebeband und Tuben mit Acrylfarben. Es war ein echtes Bastelparadies. Christine schaltete für Franzi den Computer an, dann stellte sie sich zu den anderen. Kim bestaunte gerade die Schachteln mit den Perlen. »Die sind wunderschön!«

»Ich suche mir immer ein paar besondere Kleinigkeiten zum Verzieren aus«, erklärte Frau Hansen. »Aber grundsätzlich arbeite ich gern mit den Sachen, die es eh im Haus gibt: Eierkartons, Schwämme, Strohhalme, Altpapier, ausgemusterte T-Shirts oder leere Plastikverpackungen. Daraus kann man die tollsten Dinge zaubern.«

»Man muss nur wissen, wie«, sagte Franzi. Dabei hörte sie gar nicht richtig hin. Im Internet gab es Seiten, auf denen vermisste oder gestohlene Pferde gemeldet wurden. Beim Anblick der Suchmeldungen verspürte Franzi ein Ziehen im Bauch. Sie musste an ihr Pony Tinka denken. Es war bestimmt schrecklich, ein geliebtes Tier zu verlieren. Doch sie durfte sich nicht von ihren Gefühlen ablenken lassen. Franzi klickte sich durch Suchanzeigen und Steckbriefe und versuchte, eine Beschreibung zu finden, die nach Blume klang: Holsteiner Hengst, schwarzbraun mit einem einfachen Stern als Stirnabzeichen. Franzi klickte sich sogar durch Meldungen aus Süddeutschland – ohne Erfolg. Ein Hengst wie Blume wurde nirgendwo vermisst. Es konnte natürlich sein, dass Blumes Verschwinden noch nicht gemeldet worden war. Oder gab es hier gar keinen Fall? Franzis Bauchgefühl sagte jedoch etwas anderes. Niemand sperrte einen teuren Hengst in einem alten Kuhstall ein. Franzi schloss das Suchfenster. Ihr Blick glitt über den Schreibtisch. Neben dem Bildschirm waren Ablagekästen aus Plastik gestapelt. An jedem Kasten prangte ein kleines Schild mit dem Namen einer Ferienwohnung. *Strandkorb* war auch dabei. Eilig blickte sich Franzi um. Die anderen waren vertieft in ihre Arbeit. Anscheinend verzierten sie gerade Preisschilder mit Gelstiften. Rasch griff Franzi in das Fach. Vielleicht kam sie wenigstens hier etwas weiter.

»Ich kenne die Adresse der Hoffmanns«, raunte Franzi ihren Detektivkolleginnen später zu. Ihre Arbeit im Kreativbüro von Christine Hansen war vorerst beendet. Christine und Tante Betti waren in dem alten Transporter in die nächste Kleinstadt gefahren. Mittlerweile war es drückend heiß geworden. Erste Grillen zirpten in den hohen Gräsern und das erfrischende Frühlingsgefühl vom Vormittag wich der Erschöpfung. Der Strandkorb hinter der Scheune war belegt. Die alte Frau Brammer aus dem Erdgeschoss saß dort und strickte. Deshalb suchten sich die Mädchen einen anderen Platz. Sie gingen langsam um die Scheune herum. Dabei blickte Kim durch eines der Fenster, die sich an der kurzen Seite der Scheune befanden. Hoffmanns waren noch immer unterwegs und es war gerade niemand vom Hof in Sicht. Kurz darauf folgte sie ihren Freundinnen bis zu den Stallungen. Marie und Franzi hatten es sich auf einer Bank gemütlich gemacht, von der man den Reitplatz und den Paddock im Blick hatte. Blume und Old Shettyhand zupften Halme aus zwei Heunetzen, die an den Zaun gehängt waren. Sie wirkten ebenfalls erschöpft und bewegten sich kaum. Nur ab und zu schlugen sie mit den Schweifen, um lästige Fliegen zu vertreiben.

»Die Gäste heißen Carolin und Jens Hoffmann und kommen aus Lühnen«, flüsterte Franzi. »Sie haben die Ferienwohnung für zehn Tage gebucht.«

»Und sie haben Reitsachen dabei«, platze es aus Kim heraus. »Ich habe einen Blick in die Küche geworfen. Die Tür zum Flur stand offen. Dort standen Reitstiefel, und eine Kappe hing an der Garderobe.«

»Trotzdem behaupten die Hoffmanns, dass sie nicht reiten.« Marie machte ein nachdenkliches Gesicht. »Zumindest hat Antonia gesagt, dass sich das Pärchen nicht für die Pferde interessiert und nie zum Stall geht.«

»Wir haben ein Pferd ohne Reiter und Reiter ohne Pferd«, sagte Kim leise. »Die Frage ist, ob es einen Zusammenhang gibt.«

»Na, was besprecht ihr?« Antonia kam aus dem Stall. Sie war offensichtlich in der Sattelkammer gewesen, denn jetzt trug sie in der einen Hand einen Putzkasten und in der anderen Hand eine Trense.

»Willst du bei der Hitze reiten?«, fragte Kim erstaunt.

»Ich muss es jetzt tun«, sagte Antonia in verschwörerischem Tonfall und nickte mit dem Kopf in die Richtung des Paddocks. »Bevor Tante Betti und Mama vom Einkaufen zurück sind.«

Franzi formte den Mund zu einem erstaunten »Oh!«.

Fast gleichzeitig begriff auch Kim, was das Mädchen vorhatte. »Du willst auf Blume reiten.«
»Natürlich! Wir haben ja nur Ponys und den alten Kuddel. Blume ist ein ganz anderes Kaliber. Tante Betti meint, dass er gut ausgebildet ist. Sie hat vorhin mit ihm gearbeitet.«
»Aber sie hat ihn nur longiert«, wandte Kim ein. »Außerdem hat sie uns verboten, Blume vom Paddock zu holen.«
»Ich dachte, ihr wolltet herausfinden, was für ein Geheimnis Blume verbirgt«, sagte Antonia kess. Anscheinend hatte sie doch mehr mitbekommen, als die drei !!! teilen wollten. »Jetzt könnt ihr den Hengst in Bewegung sehen.«
»Ich helfe dir!« Franzi sprang auf. Es war unvernünftig, aber gleichzeitig hatte Antonia recht. Sie wollten mehr über Blume erfahren. Also mussten sie sich auch mit ihm beschäftigen. In Franzis Gedanken lieferten sich ein Engelchen und ein Teufelchen ein Wortgefecht. Das Engelchen sprach von einer gefährlichen Situation und von Verboten. Das Teufelchen erklärte, dass Franzi die Sache nicht einfach Antonia überlassen konnte. »Es ist ein Prachtpferd! Und sie wird ihn alleine reiten. Ohne dich! Und Rick wird ihr dabei zusehen.«
Rick! Franzi erinnerte sich daran, dass er am Nachmittag auf den Hof kommen wollte. Also genau jetzt. Ohne zu zögern, kletterte sie hinter Antonia auf den Paddock. Dann griff sie nach einer Kardätsche, um das Fell des Pferdes zu bürsten. Marie und Kim hatten keine Ahnung von Franzis geheimen Reitplänen. Kim hatte von Christine Stoffreste bekommen, mit denen sie ihr neues Tagebuch einschlagen wollte und Marie klickte auf ihrem Smartphone herum. Ab und zu beschwerte sie sich leise über den schlechten Empfang. Sie sahen beide erst auf, als Antonia den Hengst am Zügel auf den Reitplatz führte. Er trug ein Sitzpad statt eines Sattels, da die Ponysättel nicht passten. Franzi kam nun auch auf den

Reitplatz. Sie war gerade dabei, ihre Kappe aufzusetzen. »Wer darf zuerst reiten?«
»Wir ziehen Strohhalme!«, schlug Antonia vor.
»Ihr habt echt einen Knall«, sagte Marie. Dieses Mal grinste sie nicht. Auch Kim sah ernst drein. »Ihr wisst doch gar nicht, wie sich das Pferd verhält.«
Doch weder Franzi, noch Antonia ließen sich von ihrem Vorhaben abbringen. Franzi zog den längeren Halm und durfte als Erste reiten. Blume war so hoch, dass sie einen Hocker zum Aufsteigen brauchte.
»Ich kann das gar nicht mit ansehen«, sagte Kim. Sie hatte die Bank verlassen und stand nun direkt am Reitplatz. Marie blickte sich um. »Das gibt tierisch Ärger, wetten?«
Franzi ließ das Pferd im Schritt gehen. Es schnaubte entspannt. Seine Mähne zuckte.
»Sieht gut aus«, fand Antonia.
Es dauerte eine ganze Weile, bis Franzi das Pferd antraben ließ und schließlich auch einen verhaltenen Galopp wagte. »Der geht großartig«, freute sie sich. »Ich möchte wissen, wie er springt.«
»Ich auch!« Antonia eilte zu ein paar bunten Stangen, die am Rand des Platzes lagen. Tante Betti gab zwar keinen Springunterricht, aber sie ließ ihre Ponys ohne Reiter springen. Manchmal legte sie auch Stangen auf den Boden, damit die Pferde im Unterricht darüber hinwegtraben konnten. Antonia rackerte sich mit den Hürden ab. Doch weder Kim noch Marie halfen ihr dabei. »Wir unterstützen keinen Irrsinn«, sagte Marie nur knapp.
Schließlich stand trotzdem ein einfaches Hindernis in der Mitte des Platzes. Es war nicht einmal einen Meter hoch, aber für den Anfang genügte es.
»Ich schau mir das nicht an!«, entschied Kim. Sie drehte sich demonstrativ um. So konnte sie sehen, dass ein Wagen auf den Hof

fuhr. Es waren die Hoffmanns. Kim hörte, wie der Hengst hinter ihr angaloppierte. Sie schloss die Augen. Es folgte das dumpfe Trommeln von Hufen und ein kleiner Aufschrei.

»Genial!«

»Was für ein Sprung!«

»Wow!«

Kim öffnete die Augen wieder. Sie sah, dass Frau Hoffmann neben dem Auto stand und in ihre Richtung starrte. Auf die Entfernung konnte Kim ihren Gesichtsausdruck nicht richtig deuten. War es Entsetzen oder Wut? Die Frau setzte mit einer ruckartigen Bewegung ihre Sonnenbrille auf, dann stapfte sie davon in Richtung Scheune. Herr Hoffmann blickte noch kurz zum Reitplatz, bevor er den Wagen abschloss und seiner Frau folgte. Kim zögerte nicht. Sie lief ihnen nach, das halbfertige Tagebuch noch in der Hand. Doch Hoffmanns steuerten geradewegs die Scheune an. Die Haustür fiel hinter ihnen ins Schloss. Kim wartete kurz, dann schloss sie auf. Im Flur roch es nach Gemüsesuppe. Aus der Wohnung von Frau Brammer drang leise Musik. Kim legte vorsichtig das Ohr an die Wohnungstür der Hoffmanns.

»Wir ziehen das durch!«, hörte sie eine Männerstimme. Das musste Jens Hoffmann sein.

Die Antwort der Frau war undeutlich. Kim schloss die Augen und presste ihr Ohr fester an die Tür. War da die Rede von einem Pferd? Oder bildete sie sich das nur ein? Es folgte ein Wort, das wie »Padradscha« oder »Paparazza« klang. Dann wurden die Stimmen leiser. Anscheinend hatte das Pärchen den Flur verlassen und war ins Wohnzimmer gegangen. Jetzt waren sie kaum noch zu verstehen. Wenn Kim doch nur ein Glas zur Hand gehabt hätte. Dann hätte sie es gegen die Tür halten und deutlich besser verstehen können, was auf der anderen Seite gesagt wurde. Aber so schnappte Kim nur noch einzelne Gesprächsfetzen auf. Schon wieder glaubte

Kim, das Wort »Pferd« gehört zu haben. Nach fünf Minuten brach sie die Aktion ab. Sie konnte einfach nicht genug verstehen. Immerhin war nun klar, dass Hoffmanns tatsächlich einen geheimnisvollen Plan hatten. Dieser Plan hing sehr wahrscheinlich mit einem Pferd zusammen. Nachdenklich machte sich Kim auf den Rückweg zum Reitplatz. Dabei wäre sie fast mit Rick zusammengestoßen. Er bremste sein Fahrrad ab und begrüßte sie. »Ich bin zum Reiten gekommen.«
»Dann komm doch gleich mit«, schlug Kim vor. »Franzi und Antonia beschäftigen sich gerade mit einem Pferd. Sie springen.«
»Cool«, fand Rick. Er schob sein Fahrrad neben ihr her und schaute neugierig zum Reitplatz.
Franzi saß noch immer auf dem Pferderücken, während Antonia mit verschränkten Armen am Rand stand und darauf wartete, auch endlich an der Reihe zu sein. Blume machte einen weiteren Sprung über das Hindernis. Er flog förmlich darüber hinweg. Zwischen seinen Hufen und der Stange hätten locker noch zwei turnende Shettys Platz gehabt.
Kim wandte sich zu Rick, der überrascht stehen geblieben war. »Das ist Blume.«
Rick machte große Augen. »Na, das ist aber kein Dülmener. Ich dachte, ihr habt hier nur Ponys.«
»Normalerweise schon. Blume ist nur vorübergehend hier.« Kim trat verlegen von einem Bein aufs andere. »Du darfst den Erwachsenen nichts von den Springübungen erzählen. Okay? Wir dürfen ihn eigentlich nicht reiten.«
Antonia hatte Rick entdeckt. Sie winkte ihm begeistert zu. »Ich springe nur kurz, dann können wir ein Pony für dich satteln!«
»Ich habe leider nicht so viel Zeit«, sagte Rick mit einem Blick auf die Uhr. »Meine Mutter will heute mit uns in irgendein Fischrestaurant gehen und ich soll pünktlich zurück sein, damit ich mich

noch duschen und umziehen kann.« Entschuldigend fügte er hinzu: »Sie hat etwas gegen Stallgeruch am Esstisch.«
Antonia machte ein enttäuschtes Gesicht. »Möchtest du dann Blume reiten? Er ist ja schon fertig geputzt und aufgetrenst.«
»Ist der überhaupt richtig eingeritten?«, fragte Rick zweifelnd.
»Du hast doch gesehen, wie er gesprungen ist«, mischte sich Franzi ein. »Das Pferd hat Talent!«
Blume stampfte langsam an Kim heran. Sie machte schnell einen Schritt zurück. Aus der Nähe war das Tier einfach viel zu groß! Blume musterte kurz den Jungen, dann entdeckte er einen Löwenzahn, der seine frischen grünen Blätter aus dem sandigen Boden reckte und mit einer leuchtend gelben Blüte lockte. Franzi hatte alle Mühe, den Hengst wieder zu versammeln. »Na, wie gesagt, er ist großartig, wenn er nicht gerade eine Blume sieht.«
»Die meisten Pferde schaffen diese Höhe«, meinte Rick mit einem Blick auf das Hindernis. »Das ist keine Meisterleistung.«
»Wir könnten die Stangen höher stellen«, überlegte Antonia.
»Nein danke.« Rick winkte ab. »Ich bin mehr für Dressur zu haben und für Ausritte. Das Springen überlasse ich lieber anderen. Außerdem möchte ich nicht von deinen Eltern erwischt werden. Kim hat mir schon erzählt, dass ihr den Hengst eigentlich nicht reiten dürft.«
»Kim!«, sagte Antonia vorwurfsvoll.
»Es war richtig, dass sie mir das gesagt hat«, fand Rick. Dann blickte er zu Franzi. »Du bist toll geritten. Aber bring dich nicht in Gefahr. Ein Hengst von dem Kaliber ist nicht zu unterschätzen.«
Franzi schenkte ihm ein warmes Lächeln. Antonia schnaubte. »Wir bringen Blume zurück auf den Paddock und holen ein Pony. Das kann aber etwas dauern. Fialla hat sich vorhin im Staub gewälzt.«
Franzi stieg ab. Sie nahm Blume am Zügel, doch da hatte der Hengst schon wieder etwas entdeckt. Es war eine falsche Blüte, die

an Maries Handtasche klebte. Marie hatte die Tasche selbst aus einer alten Hose ihres Bruders genäht und verziert. Mit den Blüten, bunten Aufnähern und auffälligen Zierknöpfen war das Teil ein echter Hingucker. Das fand Blume auch. Zielstrebig schnappte er nach der Tasche. Marie schrie auf. Blume erschreckte sich und begann nervös zu tänzeln.

»Ruhig!«, beschwichtige Franzi das Tier. Sie zog ihn von Marie weg.

»Der wollte meine Tasche fressen!«, stellte Marie ungläubig fest.

»Habt ihr den Hengst schon lange?«, fragte Rick, als er neben den Mädchen zum Paddock ging.

»Wir haben ihn aus einem alten Kuhstall gerettet.« Marie lehnte sich an den Zaun. Sie guckte zu Franzi, die Blume die Trense abnahm. »Aber das ist eine lange Geschichte. Ich – he!«

Ihre Tasche wurde mit einem Ruck weggerissen. Dieses Mal war allerdings nicht Blume der Übeltäter. Old Shettyhand hatte die Chance genutzt – mit Erfolg. Das Pony schleuderte seine Beute auf den Boden und untersuchte sie mithilfe seines Mauls und seiner winzigen Hufe.

»Nicht drauftreten!«, kreischte Marie.

Blume riss erschrocken den Kopf hoch.

»Entschuldigung«, sagte Marie schnell. »Aber das Biest hat meine Tasche.«

Antonia und Rick waren auf den Paddock geklettert. Old Shettyhand stand bereits mit einem Huf in der Tasche und schob sie hin und her. Marie konnte gar nicht hingucken.

»Lass das!«, schimpfte Antonia.

Rick bückte sich und hob die Sachen auf, die das Pony herausgeschleudert hatte: Maries Handy, einen Schlüsselbund, eine Puderdose und das Dietrichset der drei !!!. Damit konnte man im Notfall Schlösser knacken und Türen öffnen.

»Was man so dabeihat«, stellte Rick verwundert fest.
»Handtaschen sind immer für eine Überraschung gut.« Marie lächelte gewinnend. »Man sollte nicht glauben, dass Mädchen darin nur Make-up durch die Gegend tragen.«
Antonia hatte es inzwischen geschafft, die Tasche zurückzuerobern. Sie drückte sie Marie in die Hand, schaute dabei aber Rick an. »Ich hole dir jetzt Fialla.«
»Sie ist sauer«, bemerkte Kim, als Antonia und Rick zu der Koppel mit den Stuten gingen.
»Rick hat mehr auf Franzi und Blume geachtet als auf sie«, erklärte Marie. Sie musterte ihre Tasche, die immer noch ein echter Hingucker war – jetzt allerdings durch die schmutzigen Abdrücke sehr kleiner Hufe.
»Ich bin eben ein echtes Sprungtalent.« Franzi lachte. »Aber im Ernst: Blume ist super ausgebildet. Bestimmt ist er schon auf Turnieren gestartet.«
»Frau Hoffmann hat euch beim Springen gesehen«, berichtete Kim. »Sie hat ausgesehen wie sieben Tage Regenwetter. Dann ist sie geradewegs ins Haus gestürmt, gefolgt von ihrem Mann. Ich konnte sie belauschen.«
»Und?«, fragte Franzi neugierig. »Was haben sie geredet?«
»Ich glaube, es ging um Pferde. Und um Padradscha. Oder Paparazza.«
»Paparazzi vielleicht?«, hakte Franzi nach. »Das sind doch diese Fotografen, die Stars verfolgen, um Bilder von ihnen zu machen.«
»Ich glaube, es klang doch eher wie Padrascha«, überlegte Kim. »Das könnte indisch sein.«
»Padparadscha!«, sagte Marie.
Kim sah sie erstaunt an. »Ja, genau! Was ist das?«
»Ein Padparadscha«, antwortete Marie langsam, »ist ein Saphir. Ein wertvoller Edelstein.«

DU BRAUCHST …

- Notizbuch
- Stoffreste (z. B. dünnen Jeansstoff)
- Klebstoff
- Schere
- Lineal

SCHWIERIGKEITSGRAD

- einfach

Streng geheim – Das Tagebuch

Ein Stoff für Erinnerungen. Ganz ohne Nadel und Faden bastelst du einen hübschen Einband für dein Tagebuch und gibst deinen Geheimnissen eine neue Hülle.

1 Wähle einen Stoff, den du gut schneiden und falten kannst. Zum Beispiel dünnen Jeansstoff, darin wirst du das Buch – wie in einen Schutzumschlag – einschlagen.

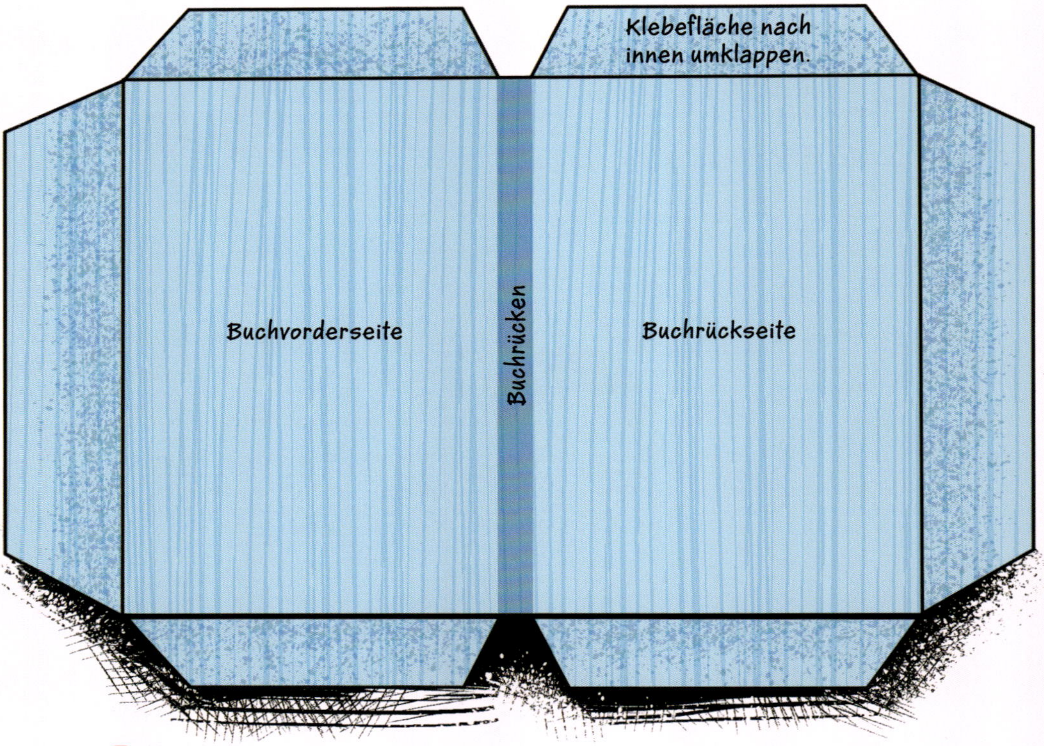

2 Der Stoff muss einmal um das geschlossene Buch herumreichen – also um die Rückseite, den Buchrücken und die Vorderseite. Zusätzlich brauchst du noch etwa 1,5 bis 2 cm an jeder Seite, um den Stoff anschließend umklappen und festkleben zu können. Zeichne diese Form auf den Stoff und schneide sie aus.

Kims Tipp

Wenn du nicht zufällig nervige kleine Geschwister oder besonders neugierige Eltern hast, brauchst du für das Tagebuch kein Schloss. Aber wie wäre es mit einer hübschen Schleife oder einem bunten Ziergummi?

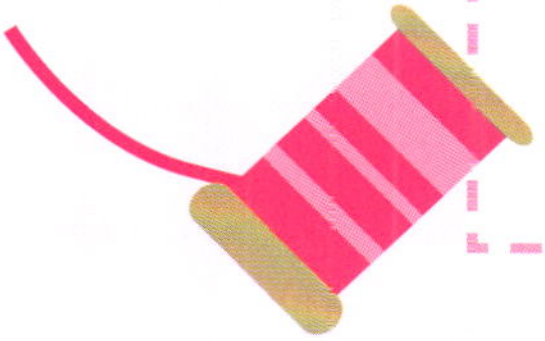

3 An den Ecken und am Buchrücken schneidest du den Stoff schräg ab, damit du ihn später besser nach innen knicken kannst.

4 Du bestreichst nun die Rückseite des Buchs mit Klebstoff und legst es auf die rechte Hälfte des Stoffes. Drücke es fest. Danach bestreichst du den Buchrücken und die Vorderseite des Buchs mit Klebstoff und klebst auch hier den Stoff gut fest. Jetzt bestreichst du auch die Ränder mit Klebstoff, öffnest das Buch und klappst die Stoffränder nach innen um.

Eindringlinge

»Hilfe!« Die Stimme klang schrill und verzweifelt. »Zu Hilfe!«
Die drei !!! standen mit Tante Betti auf dem Hof. Sie war gerade vom Einkaufen zurückgekommen und wollte jetzt ihr Motorrad ausprobieren. Antonia war mit Rick auf einem kurzen Ausritt. Franzi versetzte das einen leichten Stich. Immerhin hatte er sie so aufmerksam angeschaut. Doch sie hatte keine Zeit, sich darüber Gedanken zu machen. Als der Hilferuf erklang, war Rick schlagartig vergessen. Franzi setzte zu einem Sprint an. Ihre Turnschuhe flogen über den Sandboden. Sie eilte geradewegs auf die Scheune zu. Von dort war der Hilferuf gekommen. »Hilfe!«
Das Apartment *Sandburg* verfügte über eine kleine Terrasse. Sie lag auf der Rückseite der Scheune, wo auch der Strandkorb stand. Franzi sprang mit einem Satz durch die geöffnete Terrassentür in die Wohnung. Dort bot sich ein Bild der Zerstörung. Ein Stuhl war umgekippt, eine Vase auf dem Boden zerbrochen. Der Garderobenständer im Flur war zur Seite gefallen und lag auf einer kleinen Kommode. Franzi sprintete daran vorbei und machte in der Küche eine wenig elegante Vollbremsung. Direkt vor ihr vernichtete Old Shettyhand den Inhalt einer Obstschale. Frau Brammer fuchtelte panisch mit einer Fliegenklatsche herum, was den kleinen Wallach nicht im Geringsten beeindruckte.
»Weg mit dir!« Die alte Dame holte noch einmal mit der Klatsche aus. Dabei traf sie jedoch nicht das Pony, sondern Franzi. »O nein! Das tut mir leid!« Die alte Frau Brammer ächzte.
»Schon gut.« Franzi rieb sich kurz die Wange, dann griff sie beherzt in die Mähne von Old Shettyhand. »Genug gefuttert!«

»Alles klar?« Marie und Kim tauchten im Flur auf. Jetzt erst bemerkte Franzi, dass jemand energisch gegen die Wohnungstür klopfte.

»Hallo?«, rief jemand im Flur. Kim öffnete die Tür, während Franzi weiter das Pony festhielt. Marie kümmerte sich um die alte Dame, die noch immer die Fliegenklatsche erhoben hielt. »Möchten Sie sich setzen? Oder vielleicht ein Glas Wasser auf den Schreck?«

»Ich weiß nicht …«

»Kann ich helfen?« Die Stimme kam von Jens Hoffmann. Kim hatte den Mann hereingelassen. »Ich habe die Hilferufe gehört.«

»Ich … ich … war kurz im Bad«, stammelte Frau Brammer. »Dann hörte ich den Lärm. Es klang, als würden Einbrecher alles verwüsten. Ich dachte, mir bleibt das Herz stehen.«

»Das Pony ist eindeutig unterfordert«, verkündete Franzi. Dann sah sie auf Maries Handtasche. Der gerissene Riemen war notdürftig durch einen alten Führstrick ersetzt worden. Das war jetzt sehr praktisch. Bereitwillig löste Marie den Strick von ihrer Tasche und hielt ihn Franzi hin. Dann wandte sie sich wieder an die alte Dame. »Jetzt doch ein Glas Wasser?«

In diesem Moment hob das Pony den Schweif. Ein paar Pferdeäpfel im Zwergformat klatschten auf die Fliesen. Old Shettyhand seufzte erleichtert.

Frau Brammer schüttelte den Kopf. »Ich glaube, ich brauche ein Likörchen.«

»Tja«, machte Marie. Sie sah sich ratlos um. Es gab zwei Saftpackungen, einen Karton mit leeren Gläsern und Pfandflaschen und eine verschlossene Dose mit Kaffeesahne. Schließlich wurde Marie im Kühlschrank fündig. Zwischen Senf, Butter und Marmeladengläsern befand sich eine kleine Flasche mit einer milchig blauen Flüssigkeit. »Wellenbrecher – Sahnelikör« stand auf dem Etikett.

»Ich wohne ja sonst immer unter dem Dach«, erklärte die Dame, als Marie ihr ein kleines Glas reichte. »Das ist sicherer. Aber die

Treppe macht mir zu schaffen. Dafür ist die Erdgeschosswohnung viel teurer. Ich muss jeden Pfennig umdrehen und jetzt sind auch noch die Einkäufe ruiniert.«

»Nicht alle, Frau Brammer!«, sagte Marie sanft.

Gemeinsam räumten sie das Chaos auf. Franzi führte unterdessen Old Shettyhand zurück zum Paddock. Blume begrüßte seinen neuen Freund mit einem tiefen »Homm, homm, homm!«.

Franzi sah, dass Antonia und Rick schon von ihrem Ausritt zurückkamen. Sie waren noch ein ganzes Stück entfernt, aber man konnte sehen, dass sie lachten und scherzten. Missmutig schloss Franzi das Gatter und warf den Halfterstrick über die Schulter. Sie hätte es niemals zugegeben, aber Rick ließ bei ihr Schmetterlinge im Bauch flattern. Wenn er jedoch Antonia so anstrahlte, waren es eher wilde Ponys, die in Franzis Bauch ausschlugen. Sie machte auf dem Absatz kehrt. Marie, Kim, Frau Brammer und Herr Hoffmann standen inzwischen auf dem Hof. Antonias Mutter und Tante Betti erfuhren gerade, was Old Shettyhand angerichtet hatte. Frau Brammer war inzwischen vom »Wellenbrecher« leicht angetrunken und wiederholte sich bei der Schilderung der Ereignisse. Herr Hoffmann schmunzelte. »Wir haben das schlimmste Chaos beseitigt, aber ich fürchte, die Küche muss gewischt werden, und es gibt ein paar Scherben.«

»Ich komme gleich mit dem Putzeimer rüber.« Frau Hansen seufzte. »Dieses Pony wird uns noch ruinieren.«

»Wir sind kein Luxushotel«, meinte Tante Betti, während sie zu ihrem alten Motorrad ging. »Das wissen auch unsere Gäste.«

»Eine schöne Maschine«, fand Herr Hoffmann.

»Die ist zu verkaufen«, erklärte Tante Betti. Dann sah sie auf. »Wer ist das denn?«

»Rick«, erklärte Kim. »Ein Junge, der in der Nähe Urlaub macht und uns heute Morgen im Laden geholfen hat.«

Rick kam in zügigen Schritten über den Hof und steuerte sein Fahrrad an.
»Musst du schon los?«, fragte Marie.
»Ja, jetzt habe ich es echt eilig.« Rick bückte sich, um sein Fahrrad aufzuschließen. »Antonia ist so lieb und sattelt die Ponys ab.«
»Wie praktisch«, meinte Marie kühl.
»Für 800 Euro kannst du sie haben«, sagte Tante Betti gerade zu Herrn Hoffmann.
Der lachte auf. »Nein, danke. Mir reichen das Auto und mein Mountainbike.«
»Nachher kommt eh noch ein Interessent.« Tante Betti wandte sich an ihre Schwester. »Dein Schwager kommt vielleicht vorbei, um eine Probefahrt zu machen. Ich gebe gleich eine Reitstunde, aber er kann sich den Schlüssel einfach aus dem Stall holen. Er hängt am Brett. Die alte Susi ist jetzt auch vollgetankt. Er kann einfach losfahren.«
»Das richte ich aus.« Frau Hansen strich sich die Haare aus der Stirn. »Aber jetzt werde ich mal dem Pony hinterherputzen.«
»Kann ich noch irgendwie helfen?«, bot Herr Hoffmann an.
»Das ist nett, aber nicht nötig«, erwiderte Frau Hansen.
»Gut.« Herr Hoffmann winkte in die Runde. »Dann hole ich mal meine Frau. Wir haben einen Tisch an der Strandpromenade reserviert.«
»Ich düse auch los.« Rick schwang sich auf das Fahrrad und schenkte den Mädchen noch ein Lächeln. »Bis bald!«

Franzi trat kräftig in die Pedale. Bei dem Fahrrad funktionierten nur noch zwei Gänge und das Schutzblech klapperte. Trotzdem tat es gut, im Sattel zu sitzen und sich vom Abendwind abkühlen zu lassen. Hinter ihr fuhren Marie und Kim, ebenfalls auf alten Rädern, vom Hof. Neben der Landstraße gab es einen Weg für

Fußgänger und Radfahrer, der ins Dorf führte. Genau dort wollten die drei !!! hin. Dieses Mal würden sie Hoffmanns nicht unbeobachtet lassen.

»Ist es noch weit?«, keuchte Kim.

»Keine Ahnung«, gab Franzi zurück. »Aber ich könnte stundenlang einfach nur so durch die Felder fahren.« Schwungvoll düste sie einen sanften Hügel hinab. Hin und wieder konnte man vom Fahrradweg aus das Meer sehen. Es war noch immer warm, aber in der Ferne baute sich ein Turm aus dunklen Wolken auf. Vielleicht würde später doch noch das Gewitter kommen, das sich seit Tagen ankündigte. Franzi wischte sich eine Mücke aus dem Gesicht. »Da ist das Ortsschild.«

Sie fuhren um eine Kurve und kamen an ein paar Lagerhallen vorbei. Danach begann ein Wohngebiet. Franzi drosselte das Tempo. Ein Wegweiser zeigte an, dass es links zur Strandpromenade ging, während man geradeaus zum Campingplatz gelangte. Die Mädchen bogen von der Hauptstraße ab und radelten an einem Parkplatz vorbei. An einer Eisdiele hatte sich eine lange Schlange gebildet. Kinder und Erwachsene standen in der Abendsonne, Waffeln mit bunten Eiskugeln in der Hand.

»Wir könnten uns auch ein Eis holen«, schlug Kim vor.

Marie fand die lange Schlange eher abschreckend. »Lass uns doch erst gucken, wo die Hoffmanns sind.«

»Die sind gleich dort drüben.« Franzi bremste. Sie nickte in die Richtung eines kleinen Restaurants mit bunten Sonnenschirmen. Der Geruch von Bratkartoffeln und gegrilltem Fisch wehte ihnen entgegen.

»Gut«, sagte Kim und bremste ebenfalls. »Dann schlage ich vor, dass wir die Räder hier anschließen. Wir müssen möglichst unauffällig zu dem Strandkorb gelangen, der in der Nähe der Hoffmanns steht. Ich glaube, der gehört noch zu dem Restaurant.«

Sie schlenderten über die Promenade zu einem kleinen Laden, der Postkarten und Souvenirs verkaufte. Der Laden war keine Konkurrenz für Hansens. Statt selbst gemachter Artikel gab es Robben aus Plastik, Aschenbecher in Form von Muscheln und Seifenblasenfläschchen, die wie Piraten aussahen. Kim drehte den Postkartenständer, spähte aber geradewegs an den Karten vorbei. Die Hoffmanns saßen sich gegenüber an einem Tisch. Eine Bedienung trat zu ihnen, einen Block und einen Stift in der Hand. Ihr Mund formte die Worte »Was kann ich Ihnen bringen?«.
Kim knuffte Marie in die Seite und setzte sich in Bewegung. Der Strandkorb war noch immer frei – und das trotz Meerblick. Die Mädchen drängten sich nebeneinander auf das rot-weiß gestreifte Polster. Dann hielten sie inne. Stimmen drangen zu ihnen. Gelächter, das Klappern von Besteck auf Tellern, dazwischen der Ruf einer Möwe. »Mein Kollege bringt Ihnen gleich die Getränke«, sagte die Bedienung. Dann kam sie direkt zum Strandkorb.
»Ich lade euch ein«, sagte Marie schnell.
Ohne einen Blick auf die Speisekarte zu werfen, bestellten sie das Tagesgericht und Orangenlimonade. Hoffmanns redeten unterdessen miteinander. Es klang entspannt. Frau Hoffmann lachte sogar kurz auf. Kim spähte vorsichtig an der Haube des Strandkorbs vorbei. »Ich glaube, er berichtete gerade, was Old Shettyhand angestellt hat.«
»Sieht nicht so aus, als würden die sich mit einem Komplizen treffen, um ihm gestohlene Diamanten zu übergeben, oder einen Diebstahl planen«, sagte Franzi enttäuscht.
»Und Pferde gibt es hier auch nicht.«
»Was für ein Reinfall.« Kim seufzte.
»Reinfall?« Franzi deutete auf das Meer. »Ich würde sagen, das ist ein Volltreffer. Wir haben den Luxusplatz am Strand, die Ruhe vor dem Sturm und gleich noch ein leckeres Essen. Mehr geht nicht.«

Als sie sich auf den Rückweg machten, war der Wolkenturm beträchtlich gewachsen und in Richtung Katenkoogen gewandert. Der Wind blies nun stärker und die Blätter an den Büschen raschelten. Trotzdem ließen sich die Mädchen noch von Frau Hansen auf die Terrasse einladen. Dort sorgten zwei prächtig blühende Fliederbüsche und eine Holzwand mit Rosen für den nötigen Windschutz. Frau Hansen hatte ihr Nähzeug ausgebreitet und mehrere Kartons mit Stoffresten aufgestellt. Marie kam das sehr gelegen. Jetzt konnte sie endlich in Ruhe ihre Handtasche reparieren. Antonias Mutter war hellauf begeistert. »Eine Tasche aus einer alten Hose, das ist super! Ich kann mir das total gut als Putztasche für den Stall vorstellen. Und den Führstrick hat man dann auch immer gleich dabei.«
»Das ist eigentlich nur vorübergehend so«, gestand Marie.
»Wenn du erlaubst, werde ich für den Laden solche Taschen anfertigen. Ich habe noch einen ganzen Stapel alter Jeans, aus denen Antonia inzwischen herausgewachsen ist.«
»Wo ist sie überhaupt?«, fragte Kim, die ihr Tagebuch ausgepackt hatte. Sie hatte es fertig eingeschlagen und wollte es jetzt noch verzieren.
»Im Wohnzimmer. Heute läuft ihre Lieblingsserie.« Frau Hansen stand auf. »In der Tenne liegt ein Karton mit alten Klamotten. Vielleicht fange ich noch heute mit einer Tasche an.« Sie ging ins Haus und ließ die drei !!! allein auf der Terrasse zurück. In der Ferne rumpelte es. Der Himmel verdunkelte sich rasch.
»Ich sehe noch mal nach den Pferden«, entschied Franzi. Das Wetter machte sie unruhig, außerdem wurde es zum Basteln und Nähen eh bald zu dunkel.
Die Dülmener und der alte Kuddel standen in ihrem Offenstall. Franzi sah ihre hellen Körper in der Dunkelheit. Der Paddock war leer. Hatte Tante Betti Blume und Old Shettyhand in den Stall gebracht? Die Stallungen waren in einem Teil des alten Bauernhauses

untergebracht und bestanden lediglich aus vier Boxen, einer Sattelkammer und einer kleinen Futterkammer. Franzi machte im Stall kein Licht. Sie betrat das warme Dunkel, das nach Heu, Stroh und Tieren roch. Old Shettyhand besaß eine Box, bei der man zwei Bretter aus der Tür genommen hatte. So hatte der Ponywallach ein kleines Fenster, durch das er in die Stallgasse gucken konnte. Blume stand in der Box daneben. Er zupfte Halme aus einem Heunetz und wirkte entspannt. Hier fühlte er sich sichtlich wohler als in dem verlassenen Kuhstall. Er konnte andere Pferde sehen, hören und riechen. Er hatte etwas zu fressen und er konnte durch ein Fenster nach draußen schauen. Draußen grollte der Donner. Blume hob den Kopf. Franzi hörte ein Rascheln in der Sattelkammer. Dann klimperte es leise – so, als ob zwei Trensen aneinanderschlugen. Vielleicht war es einfach nur eine der drei Katzen, die auf dem Hof wohnten. Oder ein verirrtes Huhn. Franzi lauschte. Etwas knarrte. In der Sattelkammer gab es eine Kiste, in der Tante Betti Pferdedecken verwahrte. Die Kiste stand direkt unter dem Fenster. Franzi stieß die halb offene Tür zur Sattelkammer auf und betrat den Raum. Etwas Großes, Dunkles sprang gerade aus dem kleinen Fenster. Franzi dachte nicht lange nach. Sie machte auf dem Absatz kehrt und rannte durch die Stallgasse nach draußen. Gleichzeitig fielen die ersten schweren Regentropfen auf den Boden. Franzi hörte eilige Schritte. Dann sah sie, wie jemand am Paddock entlanglief. Sie setzte zur Verfolgung an. Wer immer es war: Die Person trug schwarze Sachen und eine Mütze, die weit ins Gesicht gezogen war. Franzi konnte nicht erkennen, ob es sich um eine Frau oder einen Mann handelte. Fest stand, dass die Person über eine gute Kondition verfügte. Franzi beschleunigte. Im stärker werdenden Regen verfolgte sie die schwarze Gestalt. Zuerst ging es an der Koppel vorbei, dann über ein freies Feld, in Richtung des kleinen Wäldchens, das die Wiesen des Hofs wie ein Halbmond umrahmte. Ein Donnerschlag durchbrach die Abendruhe und das gleichmäßige Plätschern des Regens. Franzi rutschte auf dem nassen Gras aus, fing sich jedoch wieder. Sie holte auf! Ein Glück, dass sie Turnschuhe trug. Franzi überlegte nicht, was sie tun würde, wenn sie die Gestalt eingeholt hatte. Sie hatte nicht einmal Angst, so sehr war sie im Verfolgungsmodus. Ein greller Blitz zuckte auf. Franzi sah hin und trat fast im selben Augenblick in ein Erdloch. Sie schlug unsanft auf dem Boden auf. Über ihr grollte ein weiterer Donner. Sie biss die Zähne zusammen. Ein dumpfer Schmerz pochte in ihrem Knöchel. Die Gestalt sprang in ein Gebüsch und verschwand im Schutz des Waldes. Jetzt erst bemerkte Franzi, dass das Gewitter direkt über ihr war.

Detektivtagebuch von Kim Jülich
Freitag, 22:51 Uhr
Was für ein Tag! Wir haben im Stall geschuftet, den Hengst Blume vom Bauern abgeholt und nebenbei ermittelt. Und Franzi war in Gefahr! Aber dazu gleich.
Was wir jetzt wissen: Das Pferd wurde von einem Mann zu Brauer Bredhorn gebracht. Der Mann war angeblich ein »feiner Pinkel«. Wir haben Herrn Bredhorn ein Foto der Hoffmanns gezeigt, aber er hat die beiden nicht erkannt. Trotzdem könnte es einen Zusammenhang zwischen dem Hengst und den Hoffmanns geben. Warum hat Frau Hoffmann so merkwürdig geguckt, als sie Franzi und Blume beim Springen sah? Weswegen besitzen Hoffmanns Reitsachen, gehen aber nie zum Stall? Und wie kommt es, dass das Pärchen über einen Padparadscha gesprochen hat? Das ist ein rötlich gelber Saphir. Ich dachte immer, Saphire seien blau, aber Marie meint, dass es auch diese besonderen Saphire gibt. Planen Hoffmanns vielleicht einen Edelsteinraub – getarnt als Reiter? Dann frage ich mich jedoch, was Blume mit der Sache zu tun hat. Oder es geht um etwas ganz anderes. Oft hängen die Dinge

ganz anders zusammen, als man vermutet. Oder man stellt zwischen Ereignissen eine Verbindung her, die es gar nicht gibt. Jedenfalls sollte man als Detektiv keine voreiligen Schlüsse ziehen. Antonias Onkel ist Polizist. Seine Dienststelle liegt im Nachbarort. Eigentlich wollte er eine Probefahrt mit Tante Bettis Motorrad machen, aber er hat es dann doch nicht geschafft. Darum kommt er morgen auf den Hof. Vielleicht kann er uns etwas über Pferdediebe in der Gegend sagen.
Nun aber zum großen Schreck des Abends: Franzi hat im Stall einen Eindringling überrascht. Sie hat ihn (oder sie) bis zum Wäldchen verfolgt. Bevor sie die Person erreichen konnte, ist sie dann aber heftig gestürzt. Danach musste sie im Gewitterregen zum Hof zurückhumpeln. Frau Hansen hat Franzi eine Strafpredigt gehalten, die ich ihr gar nicht zugetraut hätte. Sie ist richtig laut geworden. Ich muss gestehen, dass sie recht hat. Es ist gefährlich, alleine hinter einem Unbekannten her in die Dunkelheit zu rennen. Und man sollte niemals bei Gewitter über ein freies Feld laufen. Schließlich sucht sich der Blitz den höchsten Punkt aus. Franzi hat Glück gehabt. Ihr Knöchel ist nur leicht verstaucht. Gerade kühlt sie ihn. Wir sind alle drei müde von dem langen Tag. Trotzdem sitzen wir noch immer hier und überlegen, wer der Einbrecher wohl war. Bei Hoffmanns haben wir Stimmen in der Wohnung gehört. Auch gab es keine verräterischen Spuren im Flur. Wer auch immer beim Stall gewesen ist, muss jetzt unglaublich matschige Schuhe haben. Natürlich könnte der Täter die Schuhe und die nasse Hose ausgezogen haben oder er/sie ist durchs Fenster geklettert. Hoffmanns könnten sich auch ohne schwarze Sachen und Skimütze auf dem Hof bewegen. Sie sind hier ja Feriengäste und müssten nicht das Risiko eingehen, im Tarnanzug erwischt zu werden. Ich fürchte, wir sind einfach reif fürs Bett. Heute kommen wir mit unserem Fall nicht weiter. Der Regen prasselt so gemütlich gegen die Dachfenster und das Bett sieht gerade so einladend aus ... Gute Nacht!

DU BRAUCHST …

- alte Jeans
- Schere
- Nähnadel
- festes Nähgarn
- Stecknadeln
- Stift
- Führstrick, Gürtel oder Kordel
- evtl. Material zum Verzieren (z. B. Aufnäher)

SCHWIERIGKEITSGRAD

- mittel

(Putz-)Tasche aus einer Jeans

Aus einer alten Hose wird im Handumdrehen eine coole Tasche für dein Putzzeug im Stall oder eine einzigartige Handtasche in deinem eigenen Style.

1 Dreh die Jeans mit der Innenseite nach außen. Nun markierst du mit einem Stift die Stelle, an der du die Hosenbeine abschneidest. Die sollte mindestens 1,5 cm unterhalb des Schritts liegen.

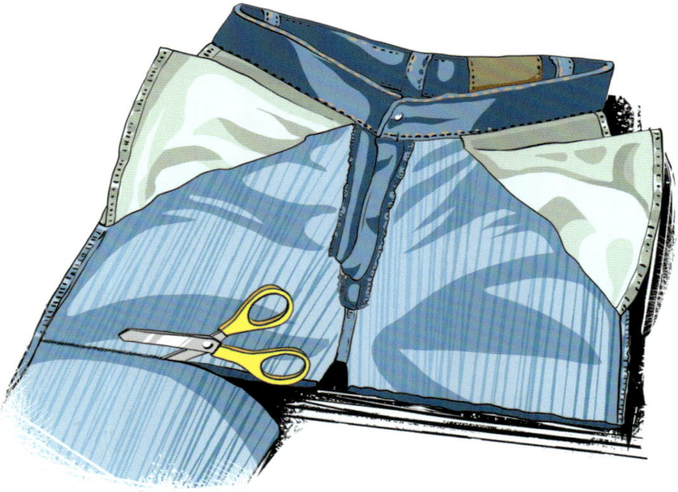

2 Schneide die Beine der Jeans ab.

EIN KLEINER TIPP: Den Stoff der Beine kannst du für andere Bastelprojekte aufbewahren oder dir einen Träger für die Tasche daraus nähen.

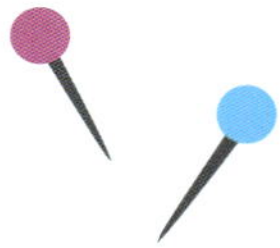

3 Markiere mit dem Stift rundherum ca. 1 cm vom Rand entfernt, wo genäht werden soll. Stecke den Stoff dicht darüber mit Stecknadeln zusammen. So verrutscht der Stoff beim Nähen nicht. Pik dich dabei nicht!

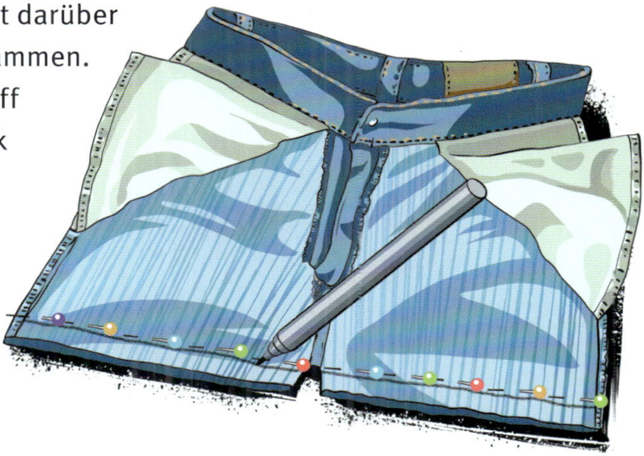

4 Jetzt wird genäht: Die Naht kannst du mit einer Nähmaschine nähen, es geht aber auch per Hand mit Nadel und Faden. Wichtig ist, dass du ein kräftiges Garn benutzt und nicht zu weite Stiche machst. Wenn du per Hand nähst, arbeitest du mit einem Rückstich (s. nächste Seite) und an der Maschine mit einem Steppstich.

Rückstich leicht gemacht

Was kompliziert klingt, ist eigentlich ganz einfach: Zunächst einmal machst du einen festen Knoten in das Ende des Fadens. Stich von unten nach oben durch den Stoff. Mit dem Knoten kann der Faden nicht mehr durch den Stoff rutschen. Das ist dein Anfang ❶. Jetzt startest du von rechts nach links: Führe die Nadel etwa 0,5 cm nach rechts zurück. Dort stichst du wieder ein ❷. Jetzt geht es unter deiner Naht wieder nach links. Du pikst ca. 1 cm vor dem letzten Einstich wieder nach oben ❸, führst den Faden eine Stichlänge nach rechts und stichst die Nadel wieder durch den Stoff nach unten ❹.
Ab jetzt wiederholt sich der Stich bis zum Ende der Naht auf der linken Seite. Dort musst du den Faden noch vernähen und verknoten.

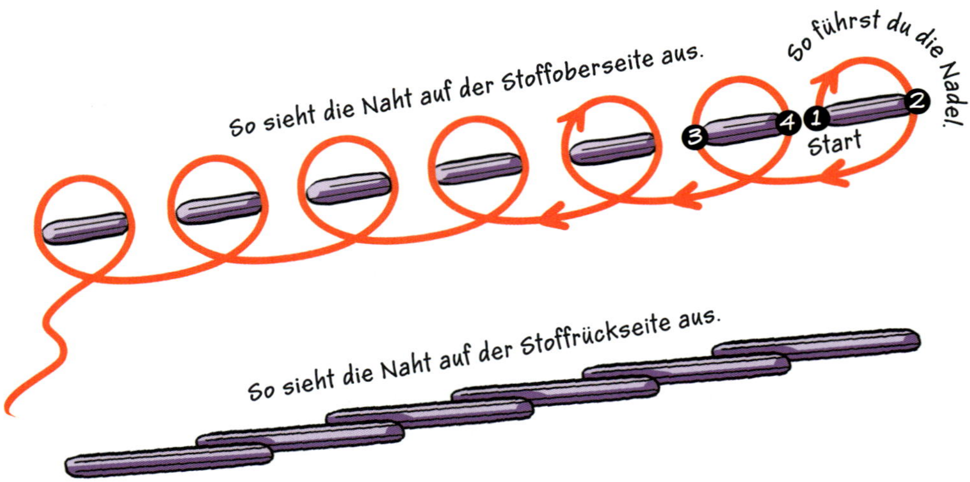

6

Als Träger kannst du einen Führstrick verwenden. Dann hast du im Stall immer gleich einen dabei. Es eignen sich aber auch Stoffgürtel, Hundeleinen, bunte Kordeln oder geflochtene Bänder. Knote den Träger an den Gürtelschlaufen der Jeans fest oder nähe ihn am Bündchen an.

7

Die Jeanstasche verzierst du zum Abschluss noch mit bunten Bändern, Buttons, Aufnähern oder Bügelbildern. Für den Stall verzichtest du lieber auf Accessoires, die leicht abfallen und an denen sich neugierige Pferde verletzen können. Bei einer Handtasche hingegen sind keine Grenzen gesetzt.

Maries Tipp

Aus der ersten Jeans von meinem Bruder Finn habe ich ihm eine supersüße Tasche für den Kindergarten genäht. Für eine große Shopping-Bag sollte man zu einer Erwachsenengröße greifen. Statt Jeans gehen natürlich auch Stoffhosen.

Panik

Franzi biss kurz die Zähne zusammen, als sie mit dem rechten Fuß in den Gummistiefel schlüpfte. Es tat noch immer etwas weh. Aber so leicht ließ sie sich nicht aufhalten. Vielleicht war der Eindringling in der Nacht wiedergekommen? Das hatten die drei !!! in der Aufregung gar nicht bedacht. Franzi wollte vor dem Frühstück auf jeden Fall bei Blume vorbeischauen. Marie war eh noch im Bad und Kim holte den Eintrag in ihrem höchst privaten und supergeheimen Tagebuch nach. Franzi trat vor die Scheune und fröstelte leicht. Gut, dass sie einen Pulli mit Kapuze angezogen hatte. Tropfen perlten von den Bäumen und den Büschen. Das Gras glänzte nass. In einer Birke saß eine Taube und gurrte. Die Hühner und die Gänse warteten in ihren Ställen darauf, rausgelassen zu werden. Hin und wieder erklang ein unruhiges Gackern und Schnattern. Der Misthaufen dampfte. Es war, als hätte der Regen alle Farben und Gerüche verstärkt. Franzi schnupperte. Es roch nach Holz, frischer Erde, Heu, Pferden und natürlich auch nach Mist. Obwohl der Knöchel immer noch etwas schmerzte, fühlte sie sich plötzlich ganz leicht. Sie beeilte sich auf dem Weg zum Stall. Blume und Old Shettyhand standen in ihren Boxen und sahen ihr neugierig entgegen. »Na, hattet ihr eine ruhige Nacht?«, fragte Franzi.

»Hmhm«, machte Blume, als würde er antworten.

Franzi sah sich um. Was hatte die Person hier nur gewollt? Blume klauen? Oder etwas ganz anderes? Ihr Blick glitt über Old Shettyhand, die leere Box auf der anderen Seite und das Brett neben der Tür, an dem eine Jacke, eine alte Schlappmütze und ein Jutebeutel hingen. Dann spähte sie in die Futterkammer. Hier war alles genauso wie am Vortag. Sie öffnete zur Sicherheit ein paar Plastikbehälter – fast so, als erwarte sie einen versteckten Schatz. Ganz so abwegig war die Idee schließlich nicht. Franzi erinnerte sich an einen Krimi, bei dem Diebesgut in einer Futterkiste versteckt worden war. Aber in dieser Futterkiste befand sich tatsächlich nichts weiter als Futter. In der Sattelkammer gab es ebenfalls keine versteckten Saphire. Franzi untersuchte alles ganz genau. Sie schaute sich auch das Fenster an. Es war ein altes Klappfenster, das eine schmale Öffnung abdeckte. Herr Hoffmann war groß und hatte breite Schultern. Er wäre bei der Flucht bestimmt stecken geblieben. Aber Frau Hoffmann hatte genau die richtige Figur. Dann fiel ihr der Mann ein, von dem Bauer Bredhorn erzählt hatte. Der teuer gekleidete Besitzer von Blume. Vielleicht war er ebenfalls schmal gebaut.

Nach dem Frühstück halfen Antonia und die drei !!! Frau Hansen im alten Kälberstall. Sie schraubten Obstkisten zusammen, hängten eine bunte Wimpelkette auf und suchten gemeinsam den besten Platz für den Verkaufstisch aus. Antonia zückte zwischendurch immer wieder ihr Handy. Als es »Pling« machte, riss sie es förmlich aus ihrer Hosentasche. »O, noch eine Nachricht von Rick!«

»Ach«, machte Franzi.

»Er fand den Ausritt toll.« Antonia begann sofort, eine Antwort zu tippen.

Frau Hansen betrachtete inzwischen den Raum. »Es ist noch viel zu tun, aber jetzt kann man schon erahnen, dass das ein Laden wird.« Sie sah auf die Uhr. »Betti und ich fahren gleich rüber zum Baumarkt nach Gröneby. Wir sind rechtzeitig zum Mittagessen zurück.«

»Wollte Gerd nicht vorbeigucken?«, fragte Antonia, den Blick noch immer auf ihr Handy gerichtet.

»Er ist heute Morgen dienstlich unterwegs«, antwortete Frau Hansen. »Aber ich habe ihm schon berichtet, dass wir gestern einen Einbrecher überrascht haben. Er wird also auf jeden Fall vorbeikommen. Ich werde ihm sagen, dass er bei uns zu Mittag essen kann.«
»Ja, ja«, machte Antonia geistesabwesend.
Kaum waren die Erwachsenen aus dem Haus, schien Antonia aufzuwachen. Sie steckte das Handy weg und sah Franzi direkt an. »Ich gehe jetzt reiten.«
»Auf Blume?«, fragte Franzi.
»Erraten.« Antonia drehte ihnen den Rücken zu und sprang leichtfüßig aus dem Laden.
»Seit Rick im Spiel ist, schminkt sie sich«, sagte Marie spitz, als das Mädchen außer Hörweite war. »Und sie zieht sich an, als ginge sie zu einem Fotoshooting für Reitsachen. Ich wette, sie will sich jetzt auf dem Hengst in Szene setzen.«
»Da wette ich nicht dagegen«, meinte Kim. »Eigentlich fand ich sie am Anfang ganz nett, aber jetzt behandelt sie uns wie lästige Konkurrenz.«
Franzi verschränkte die Arme. »Wir werden ja sehen, wer besser reitet.«
»Lass uns die Zeit lieber nutzen, um die Hoffmanns anzusprechen«, schlug Kim vor. »Wir könnten unter einem Vorwand bei ihnen klopfen und sie in ein Gespräch verwickeln.«
»Was willst du sagen?« Franzi fand die Idee nicht sonderlich hilfreich. »Wir können das Pärchen ja schlecht fragen, ob sie einen rötlichen Saphir stehlen wollen. Oder ob sie etwas mit Blume zu tun haben.«
»Ich sehe keinen Zusammenhang zwischen Blume und einem Edelstein«, überlegte Marie.
»Padparadscha wäre eigentlich ein guter Name für ein Turnierpferd«, fand Franzi.
»Aber in dem Fall nicht sehr passend«, gab Marie zurück. »Blume

ist ja fast schwarz. Da würde ein dunkler Stein doch besser passen. Zum Beispiel Obsidian oder Onyx.«
»Und der Punkt auf seiner Stirn wäre eher ein Diamant«, fügte Kim hinzu.
»Aber das bringt uns nicht weiter«, sagte Marie. »Was wir wissen, ist, dass Hoffmanns etwas planen, was mit einem Pferd zusammenhängt.«
»Keine voreiligen Schlüsse«, ermahnte Kim.
»Na, Hoffmanns werden wohl kaum einen Marmeladenraub im großen Stil planen.« Franzi setzte sich in Bewegung. »Ich schaue Antonia beim Reiten zu.«
»Ich komme nicht mit«, meinte Kim. »Hier ist noch so viel zu tun.«
Marie nickte. »Ich bleibe auch hier. Inneneinrichtung ist quasi mein Fachgebiet. Und wir haben durch die Tür das Auto der Hoffmanns im Blick.«
»Meinetwegen.« Franzi zuckte die Achseln. »Wir sehen uns dann später.« Sie trat nachdenklich den Weg zu den Stallungen an. Kim und Marie hatten sicherlich Spaß dabei, den Laden herzurichten und sich Gedanken über den Fall zu machen. Aber sie konnte Antonia nicht einfach das Feld überlassen – weder wenn es um Rick noch wenn es um Blume ging. Außerdem wollte sie noch einmal erleben, wie das Pferd mit ihr über ein Hindernis flog. Dafür würde sie sich zur Not auch mit Antonia anlegen.
Aber Antonia war sogar einverstanden, dass Franzi ebenfalls noch einmal ritt. Allerdings wollte sie bestimmen, wann Franzi an der Reihe war. Dieses Mal nahmen sich die Mädchen etwas Zeit, einen Sattel herauszusuchen. Tante Betti hatte für den Reiterladen schon ein paar gebrauchte Sättel in Kommission genommen. Einer davon war geeignet. Antonia stellte die Bügel auf die passende Länge, dann schwang sie sich auf den Pferderücken. Auf eine Kappe verzichtete sie komplett.

»Bist du verrückt geworden?«, zischte Franzi.
»Hast du mal mit Kappe in den Spiegel geguckt?«, gab Antonia zurück.
»Die Kappe ist ein wichtiger Schutz«, beharrte Franzi. »Weißt du noch, wie ich von diesem durchgeknallten Haflinger gestürzt bin?«
Antonia lachte auf. »Klar, das Wochenende bei euch werde ich nie vergessen. Eigentlich schade, dass deine Eltern das Biest nur in Pflege hatten. Der hatte echt Pfeffer unter dem Hintern.«
Franzi machte ein finsteres Gesicht. »Ohne Kappe wäre das vielleicht mein letztes Wochenende gewesen.«
Antonia hörte ihr schon nicht mehr zu. Sie ritt eine Runde im Schritt, dann trabte sie an. Blume bewegte sich, als wäre er der König der Pferde. Sein Schweif war erhoben, die Ohren aufgestellt und der Blick wach. Antonia hielt sich so kurz wie möglich mit dem Aufwärmen auf. Nach ein paar Runden gab sie die Galopphilfe, dann steuerte sie auch schon das Hindernis an. Die Mädchen hatten dieses Mal eine Stange mehr aufgelegt. Für Blume sollte es kein Problem sein. Allerdings war der Boden noch nass vom Regen. Ein guter Reitplatz war so angelegt, dass das Regenwasser abfloss. Doch hier hatten sich mehrere große Pfützen gebildet. Blume sprang ab und sauste spielend leicht über das Hindernis hinweg. Die Landung war weniger sanft. Der Hengst rutschte mit den Vorderbeinen über den Matsch. Im letzten Augenblick fing er den Sturz ab. Dann machte er einen panischen Galoppsprung. Sand und Lehm flogen auf. Antonia war aus den Steigbügeln gerutscht und hing nun schräg auf dem Rücken. Das wiederum brachte Blume vollkommen aus dem Konzept. Er buckelte. Antonia plumpste in den Dreck, als wäre sie ein Sandsack. Sofort war Franzi bei ihr.
»Hast du dich verletzt?«
Antonia rappelte sich auf. Schmutziges Wasser tropfte aus ihren braunen Locken. Sie war blass um die Nase. »Ich … glaube

nicht …«, sagte sie langsam. Dann sah sie an sich hinunter. »Ich muss mich umziehen. Und unter die Dusche.«
»Du musst wieder aufsitzen«, sagte Franzi mit Nachdruck. »Wenigstens, um eine kleine Runde zu reiten. Das ist wichtig für dich und für Blume.«
»Ich könnte auch innere Verletzungen haben, dann wäre das leichtsinnig«, verkündete Antonia. »Dusche. Neue Kleidung. Dann vielleicht noch ein Ritt.« Antonia eilte zu ihrem Handy. »Ein Glück! Rick musste seine Eltern zu einem ewig langen Frühstück in einem Restaurant begleiten. Er kommt also später. Kannst du dich um Blume kümmern?« Sie wartete die Antwort gar nicht erst ab, sondern eilte zum Wohnhaus. Franzi entschied, Blume im Schritt zu bewegen. Das Pferd musste sich schließlich ebenfalls von einem Schreck erholen. Auf weitere Sprünge würde sie verzichten. Aber der Hengst hatte sich erstaunlich schnell beruhigt. »Du hast Turniererfahrung. Gib es zu«, sagte Franzi leise. Blume drehte ein Ohr nach hinten. Wenn Pferde doch nur reden könnten! Franzi ließ den Hengst am langen Zügel gehen und gab nur sanfte Hilfen. Es war erstaunlich, wie Blume auf die kleinsten Zeichen reagierte – eine Verlagerung des Gewichts, ein minimaler Schenkeldruck oder leichte Bewegungen der Zügel. Es lief so gut, dass Franzi nun doch antrabte. Springen würde sie nicht, aber es war auch keine besondere Rücksichtnahme nötig. Blume wollte sich gern bewegen. Es war eindeutig, dass er regelmäßiges Training gewöhnt war. Franzi ritt gerade an der langen Seite entlang, als ein Knattern ertönte. Blume hob kurz den Kopf, ließ sich aber nicht aus dem Takt bringen. Bevor Franzi realisierte, was geschah, wurde das Knattern von einem ohrenbetäubenden Scheppern untermalt, dazu schrille Pfiffe wie aus einer Trillerpfeife. Etwas kam mit rasanter Geschwindigkeit auf den Reitplatz zu – untermalt von Knattern, einem aufheulenden Motor, Scheppern und Pfeifen.

Etwas Schwarzes flatterte durch die Luft. Das alles ging viel zu schnell. Franzi hatte keine Gelegenheit, die Situation zu begreifen und richtig zu reagieren. Dafür handelte Blume. Als Fluchttier setzte sich sein Instinkt durch. Aus dem leichten Trab wurde im Bruchteil von Sekunden ein gestreckter Galopp. Franzi hielt sich fest, so gut sie konnte. Blume hielt Kurs auf den Zaun, der den Reitplatz umgab. Franzi machte sich für den Aufprall bereit, doch kurz vor dem Hindernis sprang Blume ab. Es war, als säße Franzi auf einem startenden Düsenjet. Sie spürte ein Ziehen im Magen. Ihre Hände verkrampften sich in der Mähne. Als Blume auf der anderen Seite landete, wurde Franzi durchgeschüttelt. Sie rutschte, konnte sich aber gerade noch halten. Blume gab Gas und preschte über das Gelände, als wäre ein Schwarm Wespen hinter ihm her. Er setzte mit einem weiteren Sprung über den bewachsenen Wall, der den Hof der Hansens von dem Feldweg trennte, dann donnerte er auf den Treckerspuren in Richtung Meer. Das Scheppern und Pfeifen hatte aufgehört, aber Franzi hörte das knatternde Motorengeräusch hinter sich. Sie wagte einen Blick über die Schulter. Jemand saß auf einem Motorrad. Die Person trug keinen Helm, dafür aber eine schwarze Skimütze, die nur die Augen frei ließ. Das Motorrad war ebenfalls durch den Wall gebrochen und verfolgte sie. Jetzt setzte auch bei Franzi der Fluchtinstinkt ein. Sie wollte Blume nicht mehr bremsen, sie wollte, dass er rannte! Der Hengst schien den Verfolger ebenfalls zu bemerken. Er drosselte sein Tempo nicht, sondern spannte die Muskeln noch kräftiger an. Die Bäume des Wäldchens rasten als grüne Schatten an ihnen vorbei. Franzi verschluckte eine Mücke. Doch das war ihr vollkommen egal. Konnte der Motorradfahrer sie auf dem Strand verfolgen? Sie lenkte Blume zum Wasser. Der tiefe Sand verlangsamte die Galoppsprünge etwas, doch dann erreichten sie den Wassersaum. Meerwasser spritzte auf. Franzi drehte sich erneut um. Der Motorradfahrer hatte leichte Schwierigkeiten, doch er hielt nicht an. Das Hinterrad wirbelte Sand auf. Franzi sah auf die Bucht hinaus. Das Wasser war niedrig. Einem Menschen würde es an den tiefsten Stellen vielleicht bis zum Knie reichen. Glitzernde kleine Wellen kräuselten sich im leichten Wind. Man konnte dazwischen den hellen Meeresboden sehen. Franzi wusste nicht, ob es richtig oder falsch war. In diesem Augenblick schien es der einzige Ausweg zu sein. Sie lenkte Blume ins Meer. Der Galopp veränderte sich erneut. Die Sonne blendete sie. Franzi lenkte den Hengst halbblind durch die Bucht. Die Gischt spritzte auf, als er die Wellen mit kräftigen Galoppsprüngen durchpflügte. Der Motorradfahrer fuhr eine Schleife. Offenbar traute sich der Verfolger nicht ins Wasser. Franzi atmete auf. Sie drosselte das Tempo etwas. Als sie die Bucht durchquert hatte, atmete der Hengst schwer. Die Flanken hoben und senkten sich spürbar. Sie merkte ihren eigenen Pulsschlag. Ihre Hände zitterten. Der Motorradfahrer bretterte über einen Fußweg davon. Franzi wusste, dass dieser Weg hinter dem Hof der Hansens auf die Landstraße führte. Blume blieb schnaubend stehen. Franzi sackte auf seinen Hals.

»Mensch Mädel!« Ein älteres Ehepaar kam ihr entgegen. Die Frau hatte einen Strandbeutel dabei, der Mann trug ein Fernglas um den Hals. »Das war leichtsinnig!«

»Mein Pferd hat sich vor dem Motorradfahrer erschreckt«, sagte Franzi. Ihre eigene Stimme klang rau und fremd in ihren Ohren. Sie stieg ab, was sie jedoch schon im nächsten Augenblick bereute. Ihre Beine waren weich wie Gummi.

»Brauchst du Hilfe?« Die Dame sah sie mitfühlend an.

»Haben Sie ein Handy?«, fragte Franzi.

»Konntest du das Gesicht des Fahrers erkennen?«, fragte Gerd Hansen. Der Polizist war sofort gekommen, nachdem die Mädchen ihn angerufen hatten. Jetzt saß er mit den drei !!! und seiner Nichte Antonia auf der Terrasse. Franzi trank langsam einen Kräutertee, den Antonia zubereitet hatte. Ihre Mutter und ihre Tante waren noch nicht vom Baumarkt zurück.

»Der Typ trug eine Maske«, erklärte Franzi. »Vielleicht war es auch eine Frau. Ich konnte das wirklich nicht erkennen.«

»Wir haben den Fahrer leider nur von hinten gesehen«, fügte Kim hinzu. »Marie und ich waren im Laden, als das Motorrad gestartet wurde.«

Marie nickte und hielt einen Haufen rostiger Blechbüchsen hoch, die mit Paketschnur aneinandergebunden waren. »Der Täter hat sich hiermit auf den Hof geschlichen, hat das Motorrad von Tante Betti geklaut und ist damit direkt zum Reitplatz gefahren.«

»Er hatte auch ein schwarzes Tuch dabei und eine Pfeife«, ergänzte Kim. »Als das Pferd über den Zaun sprang, ließ er das Tuch fallen, riss die Dosen ab und verfolgte Franzi und den Hengst.«

»Das klingt nach einem üblen Streich«, fand Gerd Hansen. Der große Mann mit den breiten Schultern schien sich durch nichts wirklich aus der Ruhe bringen zu lassen.

»Streich?«, entfuhr es Marie.

»Franzi hätte sich schwer verletzen können! Blume ebenfalls!«, rief Kim ungläubig.

Antonia zog die Augenbrauen zusammen. »Dann wurde auch noch ein Motorrad geklaut.«

»Das Rad liegt an der Straße im Graben«, sagte der Polizist. »Ich habe es gesehen, als ich eure Freundin und das Pferd hier zum Hof gebracht habe.« Er stand auf. »Ich werde es gleich abholen.«

»Und dann?«, fragte Kim.

»Dann sind hoffentlich meine Schwägerin und ihre Schwester wieder da«, brummte Gerd Hansen. »Ich muss mit ihnen reden. Wenn jugendliche Feriengäste abends auf Höfen herumspazieren und sich Motoräder für Spritztouren ausleihen, sollten die Bauern besser wachsam sein.«

»Vielleicht waren es keine Jugendlichen«, sagte Kim energisch.

»In meinem Job bekomme ich es immer mal wieder mit übermütigen Campern zu tun«, erklärte der Polizist. »Mal gibt es Randale auf dem Campingplatz, weil ein paar Jungs zu viel Bier getrunken haben, mal wird die Mauer an der Strandpromenade mit Graffiti besprüht und manchmal werden Fahrräder geklaut. So ist es leider. Die Jugendlichen langweilen sich beim Strandurlaub und glauben, dass sie über die Stränge schlagen können. Schließlich kennt sie hier niemand.«

»Aber –«

»Ich kümmere mich ja darum«, fügte der Polizist hinzu. »Aber jetzt hole ich das Motorrad. Ich wollte es mir heute eh ansehen, dann kann ich gleich das Angenehme mit dem Nützlichen verbinden.«

»Es war ein gezielter Anschlag auf Blume«, sagte Franzi, als Antonias Onkel gegangen war.

»Das denke ich auch«, bestätigte Kim nachdenklich. »Ich frage mich nur, weswegen der Fahrer die Taktik geändert hat.«

»Taktik?«, hakte Franzi nach. »Ich habe da nur eine Taktik erkannt. Der wollte mich plattmachen.«

»Die Person war eher schmal gebaut«, sagte Marie. »Es hätte also auch eine Frau sein können.«

»Der Fahrer oder die Fahrerin«, fuhr Kim fort, »hat zuerst alles getan, um das Pferd zu erschrecken. Doch als es über den Zaun floh, setzte der Fahrer nur noch auf Verfolgung. Es ging nicht mehr darum, Blume zu erschrecken. Darum hat die Person auch die Dosen abgerissen und das Tuch weggeworfen. Außerdem hat die Person die≈Geschwindigkeit etwas gedrosselt.«

»Glaubt ihr, dass es die Gestalt war, die Franzi gestern in der Sattelkammer überrascht hat?«, fragte Marie in die Runde.

»Ich vermute es«, sagte Kim. »Der Eindringling könnte gestern im Stall auch den Zündschlüssel des Motorrads eingesteckt haben.«
»Stimmt«, jetzt fiel es Franzi wieder ein. »Tante Betti hat doch gesagt, dass der Schlüssel am Brett im Stall hängt. Da war gestern aber kein Schlüssel mehr.«
»Fragt sich, wer alles davon wusste«, überlegte Marie.
»Herr Hoffmann«, entfuhr es Kim. »Er wusste auch, dass das Motorrad wieder fahrtüchtig ist.«
»Und aufgetankt«, fügte Franzi hinzu.
Marie nickte langsam. »Allerdings haben wir Herrn Hoffmann gesehen. Er kam aus der Scheune, als der Lärm losging. Allein. Seine Frau war nicht dabei.«
»Vielleicht war es doch nur ein blöder Streich.« Antonia stand vom Tisch auf. »Letztes Jahr haben ein paar Idioten ein Pony von der Weide geholt, um heimlich einen Ausritt zu machen. Zum Glück waren die Gänse draußen und haben die Typen gestellt.«
»Nein. Das mit dem Motorrad war geplant«, widersprach Kim. »Für einen spontanen Streich ist der Täter viel zu gezielt vorgegangen und war gut informiert.«
»Wie auch immer.« Antonia seufzte. »Ich mache jetzt mal die Ponys fertig. Rick kommt gleich zum Ausreiten vorbei.«
Die drei !!! blieben allein auf der Terrasse zurück. Marie machte ein finsteres Gesicht. »Vielleicht steckt ja auch Antonia dahinter.«
»Was?« Franzi schüttelte entsetzt den Kopf.
»Sie war gestern nicht bei uns auf der Terrasse, als du den Eindringling erwischt hast. Und heute war sie nicht beim Reitplatz.«
»Sie hat geduscht«, erwiderte Franzi. »Ihre Haare waren eben doch noch nass.«
»Antonia wusste von dem Motorrad«, sagte Kim. »Genau wie Herr Hoffmann, die alte Frau Brammer und Rick.«

»Sowie Christine Hansen und ihre Schwester Betti«, meinte Marie. »Frau Hoffmann wiederum könnte von ihrem Mann erfahren haben, wo der Schlüssel ist. Das erweitert den Kreis der Verdächtigen noch.«
»Antonia war es nicht«, meinte Franzi. Sie nahm noch einen Schluck Tee. »Wir sollten uns auf die Hoffmanns konzentrieren.«
»Wir haben die Dosen.« Marie grinste. »Mit etwas Glück können wir einen Fingerabdruck sicherstellen.«
Die Mädchen hörten Stimmen, die rasch näher kamen. Frau Hansen und Tante Betti waren vom Baumarkt zurück. Der Polizist begleitete die Frauen. Während Tante Betti einfach nur besorgt guckte, sah Christine Hansen aus, als würde sie jeden Moment explodieren. »Gerd hat mir von der ganzen Sache erzählt.« Sie knallte ihre Handtasche achtlos auf den Gartentisch. »Wie konntest du Blume einfach reiten?« Sie starrte Franzi an. Die duckte sich leicht. »Ich habe die Verantwortung für dich!«
»Es ist ja alles gut gegangen«, wandte Franzi ein.
»Nichts ist gut!« Christine Hansen fuhr sich mit beiden Händen durch die Haare. »Ich lasse euch für kurze Zeit auf dem Hof allein und ihr geratet in Gefahr. Selbstverschuldet, wohlgemerkt.«
»Die Ponys wären bei so einem Angriff auch durchgedreht«, mischte sich Tante Betti ein.
»Das spielt keine Rolle.« Frau Hansen starrte noch immer Franzi an. »Keine von euch sollte den Hengst reiten. Ihr dürft überhaupt immer nur dann reiten, wenn ihr uns vorher gefragt habt.«
»Soll ich dann mal das Motorrad holen?«, mischte sich Gerd ein. »Dann kannst du in Ruhe weiterschimpfen.«
»Bleib du mal hier und mach dein Verhör.« Tante Betti klopfte ihm auf die Schulter. »Ich kümmere mich um die alte Susi.«
Gerd Hansen zuckte die Schultern. »Sie liegt im Graben, etwa zweihundert Meter die Landstraße runter – Richtung Ostsee.«

Kim begleitete Tante Betti. Das Motorrad lag tatsächlich neben der Straße. Es war sandig und matschig, aber sonst unversehrt. »Kann ich eine Sache untersuchen?«, fragte Kim.
»Klar«, meinte Tante Betti.
Kim holte das Fingerabdruck-Set aus ihrem Rucksack. Dann beugte sie sich über den Zündschlüssel. Es war ein älteres Modell. Auffällig war der Schlüsselanhänger aus Filz, der daran baumelte. Wider Willen musste Kim lächeln. Es handelte sich um eine naturgetreue Nachbildung von Old Shettyhand. Auf dem Stoff würde sie nichts finden, aber der Zündschlüssel selbst war vielversprechend. Kim wusste nicht, ob der Fahrer Handschuhe getragen hatte, aber es war anzunehmen, dass er oder sie den Schlüssel zwischen dem Diebstahl und dem Starten des Motorrads auch mit bloßen Händen angefasst hatte. Und tatsächlich. Mitten auf dem Schlüssel fand Kim das, was sie gesucht hatte: einen gut erhaltenen Daumendabdruck. »Bingo!«, entfuhr es ihr. Sie sicherte den Abdruck mit Klebefolie. Schließlich kam der Fingerabdruck in das kleine Büchlein, das sie immer mit sich führte.
»Sehr professionell!« Tante Betti war beeindruckt. »Da kann sich Gerd eine Scheibe von abschneiden. Der alte Schreibtischtäter.«
»Meinst du, dein Bruder wird in dem Fall richtig ermitteln?«, fragte Kim, als sie das Motorrad gemeinsam aufrichteten und auf den Radweg schoben.
Tante Betti lachte auf. »Er ist der Bruder von Christines Mann. Wir sind nicht verwandt. Sehe ich dem etwa ähnlich? Und zu deiner Frage: Ich glaube, er wird eine Akte anlegen und die in den Schrank stellen.«

Detektivtagebuch von Kim Jülich
Samstag, 13:28 Uhr

Sondereintrag: Der Eindringling hat gestern offenbar den Motorradschlüssel aus dem Stall geholt und damit heute Tante Bettis alte Susi geklaut. Zweck der Aktion: Blume verrückt machen. Franzi und Blume haben das Abenteuer gut überstanden, aber es gab mächtig Ärger. Franzi hat jetzt Reitverbot. Sie hat Antonia nicht verpfiffen. Schließlich ist die den Hengst auch geritten. Antonia hängt jetzt nur noch mit Rick herum. Sie war extrem angefressen, als Rick die Geschichte von Franzi erfahren hat. Er war nämlich total besorgt um sie. Ich dachte schon, er fällt ihr um den Hals und knutscht ihre Haare ab oder so etwas. Marie meinte, Antonia sei vor Wut grün geworden. Mit roten Sprenkeln. Das ist vielleicht etwas übertrieben, aber wütend war sie garantiert. Nun aber zurück zum Fall: Gerd Hansen hat für uns im Polizeicomputer nachgeschaut. Es wird tatsächlich kein Pferd wie Blume vermisst. Die Beschreibungen der gestohlenen Pferde passen nicht. Aber: Wir haben auf dem Motorradschlüssel einen Fingerabdruck sicherstellen können!!! Anschließend habe ich noch ein paar alte Dosen untersucht, die der Täter zurückgelassen hatte. Derselbe Abdruck war auch darauf zu finden. Jetzt gilt es, den Täter zu finden!

Geheimes Tagebuch von Kim Jülich
Samstag, 13:40 Uhr
Geheim! Geheim! Geheim! So, das muss für heute als Drohung reichen.
Der Schlüsselanhänger von Tante Betti hat mir total gut gefallen. Ich glaube, ich bekomme hier noch voll den Bastelflash. Wenn ich es heute Abend schaffe, bastele ich mir auch einen Anhänger aus Filz. Vielleicht ein Kleeblatt oder ein Herz? Oder eine von den Gänsen. Die sehen wunderschön aus, wenn sie im Obstgarten unterwegs sind.

Lebe deine Träume!

DU BRAUCHST …

- dicken Filz (etwa 3 mm stark)
- Klebstoff
- Schere
- Schlüsselringe
- feste Schnur
- Material zum Verzieren (z. B. dünnen Filz, Perlen, Pailletten, Wackelaugen)

SCHWIERIGKEITSGRAD

- mittel

Ein Herz für Schlüssel

Diese Anhänger sind echte Hingucker am Schlüsselbund. Erstaunlich, was man mit etwas Filz und Klebstoff alles zaubern kann.

1 Such dir ein Motiv aus.
Die Arbeit mit einer Schablone aus Pappe oder einer Ausstechform für Kekse ist besonders einfach. Male die Umrisse deiner Schablone mit einem Stift auf die Rückseite der dicken Filzplatte.

2 Mit einer Schere schneidest du die Form aus. Jetzt verzierst du sie mit dünneren Filzstücken, Pailletten, Perlen, Wackelaugen oder bunten, kleinen Knöpfen.

3 Bohre mit einer dicken Nadel ein Loch durch den Filz.

4 Jetzt ziehst du einen Schlüsselring durch das Loch oder knotest einen Verschluss mit einem Band daran fest. Achte bei dem Knoten darauf, dass er fest sitzt, damit dein Schlüsselanhänger nicht verloren geht.

Franzis Tipp

Die Profivariante: Wir haben zu Hause eine Ösenzange und einen Beutel voller Ösen. Nachdem du das Loch in den Filz gebohrt hast, schiebst du eine Metallöse hinein und fixierst sie mit der Ösenzange. So ist dein Schlüsselanhänger noch stabiler und reißt nicht so leicht ab.

Beweise und ein Geständnis

»Worauf warten wir noch?«, fragte Marie, als Kim ihr Tagebuch im Nachtschrank verstaute.
Franzi hatte inzwischen geduscht. Dazu war sie am Morgen nicht gekommen. Nach dem Schreck hatte sie eine kleine Auszeit dringend nötig gehabt. Sie roch auffällig nach Maries Mango-Kokosnuss-Shampoo. Marie schnupperte. »Da hat wohl jemand etwas geborgt.«
Franzi blinzelte schuldbewusst unter ihren nassen Haarsträhnen hervor.
»Schon okay«, meinte Marie großzügig. Sie hatte in aller Eile zehn Papiertüten mit Pferdebonsche und weitere zehn Papiertüten mit Hundecookies verpackt und beschriftet.
Die Leckerchen stammten allesamt aus Frau Hansens Küche und waren endlich fertig getrocknet. Old Shettyhand hatte bereits eine Kostprobe bekommen und die Kekse für gut befunden. Dabei konnte Marie nur knapp verhindern, dass das Pony auch die Hundekekse vertilgte – die waren nämlich mit Leberwurst gebacken.
Marie stellte die letzte Tüte ab und betrachtete ihr Werk. »Können wir endlich loslegen?«
»Ihr habt das Wichtigste vergessen.« Kim trat zu ihren Freundinnen. »Wenn es mit der Ermittlungsarbeit klappen soll, brauchen wir Energie.«
Mehr musste sie nicht erklären. Es war ein festes Ritual der drei !!!, auf das sie bei keinem Fall verzichteten. Kim hielt eine Hand in die Mitte. »Eins.«

»Zwei!«, sagte Franzi und hielt ihre Hand darüber.
»Drei!«, rief Marie. Ihre Hand landete elegant auf der von Franzi.
Alle drei setzten einstimmig zum Finale an: »Power!«

Wenige Minuten später klopfte Kim an die Wohnungstür des Apartments *Strandkorb*. Marie und Franzi standen neben ihr, zwei Marmeladengläser in den Händen. Die Tür ging auf. Frau Hoffmann blickte ihnen entgegen. Dieses Mal trug sie keine Sonnenbrille.
»Hallöchen«, flötete Marie. »Wir machen gerade eine Umfrage.«
»Wie bitte?« Frau Hoffmann sah die Mädchen verwundert an. Ihr Gesicht wirkte müde.
»Zur Eröffnung des Ladens wollen wir ein neues Design für die Marmeladengläser entwickeln«, sprudelte es aus Marie heraus. »Wir wollen etwas wagen. Die übliche Deko kennt ja jeder. Sie wissen schon: kleine Plastikhimbeeren, bunte Schildchen und diese kleinen Stoffhütchen. Da schaut keiner mehr richtig hin.«
Frau Hoffmann blickte unschlüssig auf die Gläser, die Marie nun hochhielt. Bei einem war der Deckel mit Verbandmull umwickelt. Auf einem breiten, braunen Pflaster stand in schwarzer Schrift: »Erste Hilfe gegen Hunger.« Das andere Glas war hoch und dünn. Um die obere Hälfte war Stacheldraht gewickelt.
»Das soll provozieren«, meinte Marie. »Zugleich symbolisiert es, dass dieses Glas etwas Wertvolles ist, das geschützt werden muss. Noch dazu kann man den Stacheldraht als Anspielung auf die stacheligen Ruten der Himbeerpflanzen verstehen.«
Franzi fand, dass Marie wie ein Deutschaufsatz klang. Aber Frau Hoffmann war von diesem absurden Besuch so verdattert, dass sie sich von Marie die Gläser in die Hand drücken ließ. Dabei musste sie achtgeben, nicht in den Stacheldraht zu fassen.
»Welches finden Sie besser?«

»Ich finde beide blöd«, mischte sich Kim ein. »Wenn jemand Marmelade kaufen will, dann nimmt er doch eher normale Gläser, oder?«

»Ich denke auch«, meinte Frau Hoffmann. »Das hier sieht eher abschreckend aus.«

Marie verzog den Mund. »Aber so funktioniert Werbung.«

Frau Hoffmann brachte ein schmales Lächeln hervor. »Ehrlich gesagt, glaube ich, dass Kunden in einem Hofladen nach traditionellen Dingen suchen. Eine Heile-Welt-Marmelade, die sie an Urlaub, Landleben und Sommer erinnert. Auch wenn die Realität manchmal anders aussieht.«

»Wie meinen Sie das?«, fragte Kim, während Marie die Gläser wieder an sich nahm – sorgsam darauf bedacht, sie nur am Deckel anzufassen.

»Höfe wie dieser existieren für Touristen«, erklärte Frau Hoffmann. »In echt ist die Landwirtschaft weit weniger romantisch.«

Kim nickte verständnisvoll. »Kennen Sie sich damit aus?«

»Etwas«, sagte die Frau. Dann rieb sie sich den Kopf. »Ich wollte mich gerade hinlegen.«

»Wir wollten auch nicht lange stören. Schließlich müssen wir noch Ihre Nachbarin befragen«, erklärte Marie.

»Macht das. Sie ist die Expertin für Marmelade. Mein Mann und ich bevorzugen Honig.« Sie nickte den Mädchen kurz zu und schloss dann die Tür.

Damit ihre Tarnung nicht auffiel, klopften die Mädchen auch bei Frau Brammer. Als sie ihr erklärten, dass sie eine Frage zum Thema Himbeermarmelade hätten, schüttelte die alte Dame überraschend den Kopf. »Dafür habe ich keine Zeit. Ihr macht das schon.«

»Wir haben unsere Frage doch noch gar nicht gestellt«, sagte Kim verdutzt. Doch Frau Brammer schloss bereits die Tür. »Ich habe es eilig.«

»Eilig? Keine Zeit?« Marie sah ihre Freundinnen ungläubig an. »Sie ist Rentnerin und noch dazu im Urlaub.«
»Egal«, sagte Franzi leise. »Lasst uns nach oben gehen. Wir haben ja noch was vor.«

Es dauerte nicht lange, bis die drei !!! die Fingerabdrücke auf den Gläsern gesichert hatten. Kim hatte bereits Erfahrung darin, die Linien zu vergleichen. Sie hielt die beiden Abdrücke nebeneinander und studierte sie genau.
»Und?«, fragte Franzi ungeduldig.
»Eindeutig!«, sagte Kim schließlich.
»Sie war es?«, platzte Franzi heraus.
»Nein«, gab Kim zurück. »Sie war es eindeutig nicht. Die Abdrücke stimmen nicht überein.«
Marie sah nachdenklich aus dem Dachfenster. »Wer saß dann auf dem Motorrad? Frau Brammer können wir ausschließen. Die ist zu klein und zu rundlich. Und Herr Hoffmann hat ein Alibi. Wir haben ihn gesehen, während der Motorradfahrer unterwegs war.«
»Ich weigere mich, Antonia zu verdächtigen«, sagte Franzi. Sie hob einen Pferdebonsche auf, den Marie übersehen hatte und schob ihn in den Mund.
»Bah!«, entfuhr es Marie. »Das ist Pferdefutter.«
Franzi kaute genüsslich. »Das ist fast nur Hafer und dazu eine kleine Menge Sirup. Also praktisch ein gebackenes Müsli.«
»Ich bevorzuge echte Kekse«, sagte Kim.
»Die Dinger sind voll lecker«, murmelte Franzi.
»Ich hoffe, ich habe keine Hundekekse liegen lassen.« Marie sah sich rund um den Tisch um. Im selben Augenblick klopfte es an der Tür.
Kim öffnete und trat verdutzt einen Schritt zurück. »Frau Hoffmann!«

»Was für ein Spiel wird hier gespielt?« Frau Hoffmann hielt die Visitenkarte der drei !!! hoch. Die Karte sah aus, als habe sie mehrere Tage im Matsch gelegen. Man konnte den Text darauf gerade noch lesen.

»Nun, ... äh ...«, stammelte Kim auf der Suche nach einer schlagfertigen Antwort.
»Ich habe die Karte heute Morgen gefunden«, kam ihr Frau Hoffmann zuvor. »Und jetzt klopft ihr an meine Tür und fragt mich wegen Marmeladengläsern aus?«
»Nun, ja ...«, begann Franzi unsicher.
»Für den Laden von Frau Hansen«, verkündete Marie mit Nachdruck.
»Das dachte ich erst auch. Aber dann habe ich mich an eure Karte erinnert«, sagte Frau Hansen.
»Das ist doch nur so ein Detektivclub, den wir zu Hause haben«, spielte Kim die Sache herunter. »Wir sind keine echten Detektive.«
»Echt nicht«, beteuerte Franzi.

Frau Hoffmann legte den Kopf schief wie eine Eule. »Ich bin Journalistin und mein Spezialgebiet ist Recherche. Ein Besuch im Internet, ein, zwei Anrufe und ich bin im Bilde. Übrigens gibt es sogar Zeitungsartikel über euch. Ihr werdet nicht mit vollem Namen genannt, aber wenn man weiß, wonach man sucht, wird man fündig.«

»Weswegen wollen Sie mit uns sprechen?«, fragte Kim geradeheraus.

Frau Hoffmann seufzte. »Für mich ist dieser Urlaub keine angenehme Sache und ich brauche nicht noch drei Mädchen, die mich auf Schritt und Tritt verfolgen. Also lasst mich und meinen Mann bitte in Ruhe.« Es sah so aus, als wolle sie gehen. Doch so leicht ließ sich Kim nicht abschütteln. »Meine Freundin Franzi ist gestern beim Reiten von einem Motoradfahrer verfolgt worden. Jemand hat≈riskiert, sie in große Gefahr zu bringen. Und wenn Ihnen das noch nicht genug ist, sollte ich vielleicht noch erwähnen, dass eine vermummte Person im Stall herumgeschlichen ist.«

Frau Hoffmann sah die Mädchen eindringlich an. »Ich kann euch versichern, dass ich damit nichts zu tun habe.«

»Wir wissen, dass Sie nicht auf dem Motorrad gefahren sind«, erwiderte Kim.

»Und Ihr Mann auch nicht«, fügte Marie hinzu. »Dafür haben wir inzwischen Beweise.«

»Gut. Dann ist die Sache ja geklärt.« Frau Hoffmann drehte sich um und steuerte auf die Treppe zu.

»Warten Sie!« Jetzt setzte Kim alles auf eine Karte. »Wir wissen mehr, als Sie denken. Ich sage nur *Padparadscha*!«

Die Frau drehte sich schlagartig um. Ihre Augen waren geweitet, sie atmete hörbar ein. »Woher ...?«

»Es spielt keine Rolle«, antwortete Kim. Sie hoffte, dass ihre Freundinnen jetzt nichts Falsches sagten. »Kommen Sie doch rein, Frau

Hoffmann. Ich mache uns einen Tee und Sie erzählen uns die Wahrheit. Vielleicht fühlen Sie sich dann erleichtert.«

Die Frau lachte verbittert auf. »Erleichtert.«

»Die Sache belastet Sie«, sagte Marie sanft. »Um das zu merken, muss man keine Psychologin sein.«

»Dafür, dass ihr so jung seid, habt ihr einen erstaunlich guten Durchblick.« Frau Hoffmann machte ein paar langsame Schritte in Richtung Wohnung. »Ich trinke mit euch einen Tee. Das geht in Ordnung.«

Kim füllte den Wasserkocher und stellte ihn an. Dabei überlegte sie, wie sie am besten vorgehen konnte. Sie hatte nach wie vor keine Ahnung, was es mit dem rötlichen Saphir auf sich hatte. Genau genommen war es ein Bluff gewesen, der Frau Hoffmann dazu bewegt hatte, mit ihnen zu reden.

Frau Hoffmann hatte inzwischen die Fingerabdrücke entdeckt. Peinlich berührt räumte Franzi die Sachen weg. Nur die Tüten mit den Leckerchen ließ sie stehen. »Wir sind noch mitten in den Ermittlungen«, sagte sie schnell.

»Und dabei habt ihr herausgefunden, dass ich wegen Padparadscha hier bin?«, fragte Frau Hoffmann.

Kim nickte langsam. »Aber wir kennen nicht die ganze Geschichte.«

Frau Hoffmann setzte sich und starrte auf den Fußboden. »Ich bin kein sentimentaler Mensch«, fing sie an. Dann machte sie eine Pause. »Im Gegenteil. Ich bin sehr zielstrebig, ich weiß, was ich will und ich bin sehr gut in meinem Job. Aber neulich sollte ich über einen Skandal im Reitsport berichten. Und da ist bei mir alles hochgekommen. Ich meine ... ich ... ich benehme mich, als wäre ich ein Teenager. Aber mein Mann möchte, dass ich die Sache aufarbeite. Ich ... tue mich wirklich schwer, darüber zu reden.«

Das Wasser begann zu kochen. Kim legte Teebeutel in die Tassen. Sie sagte lieber nichts. Auch ihre Freundinnen schwiegen. Nach einer Pause fuhr Frau Hoffmann fort. »Nun, wie fange ich an?«

KEKSE
KEKSE

DU BRAUCHST FÜR FRANZIS PFERDESNACKS ...

- 250 g Haferflocken
- 1 Apfel
- 1 Möhre
- Wasser
- 1 EL Zuckerrübensirup
- Backpapier

DU BRAUCHST FÜR KIMS HUNDECOOKIES ...

- 100 g Haferflocken grob
- 50 g Haferflocken fein (oder Schmelzflocken)
- 1 gehäuften Teelöffel Leberwurst
- 1 Eigelb
- 1–3 EL Wasser

SCHWIERIGKEITSGRAD

- mittel

Naschalarm im Stall

Diese Liebe geht durch den Magen. Mit knusprigen Keksen eroberst du das Herz deiner Vierbeiner im Sturm. Und auch Menschen dürfen gerne probieren.

Franzis Pferdesnacks

1 So viel Wasser zu den Haferflocken geben, dass ein bröseliger Teig entsteht.

2 Apfel und Möhre fein reiben und zu den Flocken geben.

3 Den Sirup hinzugeben und mit sauberen Händen verkneten.

Tiere lieben Leckerchen ...

... aber zu viel Naschen ist auch für sie ungesund. Das gilt nicht nur für Zucker und Fette. So können Hunde auch von zu viel Getreide krank werden.

Selbst gemachte Leckerchen sollten innerhalb weniger Tage aufgebraucht werden. Je trockener sie sind, desto länger kann man sie aufbewahren.

Viele Tiere vertragen nur ganz bestimmte Lebensmittel. Bevor du bei den Zutaten kreativ wirst, musst du unbedingt prüfen, ob dein Tier diese fressen darf. So sind zum Beispiel Rosinen oder Avocados für Hunde sehr gefährlich.

Für Meerschweinchen und Hasen sind gebackene Kekse übrigens eher ungesund. Sie freuen sich über frisches Gemüse.

Und vergiss nicht die goldene Regel: Niemals ein Tier füttern, ohne vorher den Besitzer zu fragen!

4 Kleine Röllchen (maximal fingerdick und 3 cm lang) formen. Sollte der Teig zu bröselig sein, vorsichtig noch etwas Wasser hinzugeben.

5 Nun die Röllchen auf ein Backblech mit Backpapier legen.

6 Die Leckerlis bei 180 °C (Ober- und Unterhitze) für 50–60 Minuten in den vorgeheizten Backofen schieben. Sie dürfen nicht zu braun werden.

7 Auf einem Backrost lässt du die Leckerchen abkühlen und aushärten.

ACHTUNG: Die Leckerlis erst am nächsten Tag verfüttern. Sie müssen absolut trocken sein. Zu frische, feuchte Leckerlis können zu Bauchschmerzen oder gar einer gefährlichen Kolik beim Pferd führen.

Innerhalb von ein paar Tagen verfüttern. Trocken lagern.

Kims Hundecookies

1 Verknete die Haferflocken mit der Leberwurst und dem Eigelb. Vorsichtig gibst du Löffel für Löffel etwas Wasser hinzu. Du benötigst nicht die gesamte Menge. Der Teig soll sich gut kneten lassen, aber nicht zu feucht werden.

TIPP

Bei Hunden mit sensiblem Magen statt Haferflocken auf Reismehl ausweichen.

2 Den Teig ausrollen und mit einer kleinen Form Kekse ausstechen.

3 Die Kekse auf ein Blech mit Backpapier legen und im vorgeheizten Ofen (Ober- und Unterhitze) etwa 20 Minuten bei 200 °C backen.

4 Gerne noch zehn Minuten im ausgeschalteten und leicht geöffneten Ofen nachtrocknen lassen.

5 Auf einem Backrost abkühlen und aushärten lassen.

Franzis Tipp

Leckerchen kann man schön in Butterbrottüten verschenken. Einfach beschriften und die Tüte mit einer Schleife zubinden. Größere Mengen können auch in hübschen Keksdosen oder Jutebeuteln aufbewahrt werden. Aber erst einfüllen, wenn sie wirklich ausgetrocknet sind.

Ein echter Totalausfall

Frau Hoffmann schob mit der rechten Hand eine Papiertüte mit Leckerchen über die Tischplatte. »Ich bin schon als Kind auf Springturnieren angetreten. Ich war sehr gut und meine Eltern haben mich gefördert. Mit 20 Jahren war ich im Nachwuchskader der deutschen Springreiter. Es ging damals um die Europameisterschaft. Ich wollte um jeden Preis gewinnen. Meine Stute war großartig. Ich hatte Padparadscha zu meinem fünfzehnten Geburtstag bekommen und sie war mein Ein und Alles. Abgesehen davon war sie ein Ausnahmetalent. Ich war mir so sicher, dass wir es schaffen würden. Doch dann sind wir gestürzt. Mitten im Turnier.« Sie räusperte sich, atmete tief ein und rieb sich die Nasenwurzel. »Ich hasse es, so sentimental zu werden. Aber dieses Turnier verfolgt mich in meinen Träumen. Ich erlebe es immer wieder und wieder. Wie einen Film in Endlosschleife. Ich kann diesen Tag einfach nicht vergessen: Ich will die bisherige Bestzeit des Turniers noch toppen und treibe Padparadscha an. Sie galoppiert auf die Trippelbarre zu und ich treibe sie über das Hindernis. Im nächsten Augenblick ist die Welt ein Chaos aus Sand, Stangen und Pferdehufen. Ich kann mich bis heute an den Schmerz erinnern. Padparadscha ist so gestürzt, dass sie mein Bein eingeklemmt hat. Ich lag zwischen den Stangen und alles tat weh. Dann war da diese unglaubliche Wut. Ich wusste, dass ich nicht mehr gewinnen konnte. Meine Stute riss den Kopf hoch und versuchte, wieder aufzustehen.« Frau Hoffmann blinzelte. Ihr Gesicht bekam einen harten Zug. »Ich habe mit dem Zügel auf sie eingedroschen und ie angebrüllt. Ich habe sie ein *verfluchtes Mistvieh* genannt. Dann wurde ich von den Rettungskräften vom Platz gebracht.«

»Sie standen unter Schock«, sagte Franzi betroffen. »Vergessen Sie nicht den Stress und den Schmerz. In so einer Situation tut man Dinge, die einem später leidtun.«
»Das kam erst sehr viel später«, sagte Frau Hoffmann tonlos. »Nach dem Unfall konnte ich lange nicht reiten. Meine Karriere lag auf Eis, bevor sie richtig begonnen hatte. Ich hatte Schmerzen und ich war so unendlich wütend. Ich habe Padparadscha die Schuld gegeben und wollte sie nicht sehen. Sie war nach dem Sturz ebenfalls verletzt. Bettina Fink hat die Stute übernommen und mit ihr gearbeitet, bis sie den Unfall überwunden hatte. Schließlich hat sie sie an eine Familie hier in der Nähe vermittelt.«
»Tante Betti kennt Padparadscha?«, fragte Franzi erstaunt.
»Ja, sie hat dafür gesorgt, dass mein Pferd in gute Hände kommt. Als ich Jens davon erzählt habe, wollte er, dass wir hier Urlaub machen – damit ich mit Frau Fink über Padparadscha sprechen kann. Aber ich schaffe das nicht. Jens glaubt, dass wir sie besuchen können. Aber ich drehe hier noch durch. Ich will keine blöde Heulsuse sein, die ihre Vergangenheit nicht in den Griff bekommt.«
»Aber die Vergangenheit holt Sie trotzdem immer wieder ein«, sagte Kim nachdenklich, während sie der Frau den Tee hinstellte.
»Es ist wie ein Fluch«, gab Frau Hoffmann zu. Doch dann setzte sie sich gerade hin. »Ich sage die Wahrheit. Ihr könnt das gerne überprüfen. Das Turnier ist nun gut zehn Jahre her, aber es existieren noch genug Dokumente, die mich auf ewig daran erinnern werden. Ich glaube, es gibt sogar ein Video im Internet.«
»Wir glauben Ihnen«, meinte Franzi.
Kim nickte. »Haben Sie den Holsteiner gesehen, der hier auf dem Hof steht?«
»Ja, das hat mir auch gehörig die Stimmung verhagelt«, gab Frau Hoffmann zu. »Ich habe ihn beim Springen gesehen. Das Tier hat Talent, so wie meine Stute damals.«

»Wir haben ihn in einem ehemaligen Kuhstall in der Nähe gefunden«, sagte Kim. Dabei behielt sie Frau Hoffmann genau im Auge. Die Frau sah ehrlich überrascht aus. »Wie ist er denn dorthin gekommen?«
»Das wollen wir herausfinden«, erklärte Franzi. »Wir dachten erst, jemand hätte Blume gestohlen, aber er wird nicht gesucht.«
»Als ich Turniere geritten bin, gab es noch keine Chip-Pflicht«, sagte Frau Hoffmann. »Mittlerweile müssen alle Fohlen einen Datenchip bekommen, der sie ausweist.«
»Stimmt«, meinte Franzi. »Mein Pony Tinka hat noch keinen Chip. Aber ihr Nummernbrand ist im Pferdepass eingetragen.«
»Blumes Brand ist leider etwas undeutlich. Aber man kann das Holsteiner-Zeichen erkennen«, fügte Kim hinzu.
»Glauben Sie, dass ein Hengst wie Blume sehr teuer ist?«, mischte sich Marie in das Gespräch ein.
Frau Hoffmann zuckte mit den Schultern. »Das kann man nicht so einfach sagen. Der Preis eines Pferdes richtet sich nach Alter, Ausbildungsstand, Abstammung, Gesundheitszustand sowie Turnier- und Zuchterfolgen.«
»Blume ist gut ausgebildet und talentiert«, sagte Franzi. »Frau Fink meint, er könne höchstens zehn Jahre alt sein. Sie hat extra sein Gebiss untersucht. Daran kann man das nämlich erkennen.«
»Die Methode ist nicht zu hundert Prozent zuverlässig, aber zumindest für eine grobe Einschätzung gut«, stimmte die Frau ihr zu. »Für einen ausgebildeten Holsteinerhengst wird man vermutlich mehr als 10 000 Euro auf den Tisch legen müssen. Der Preis kann aber durchaus deutlich höher sein.«
»Wie hoch denn genau?«, fragte Marie erneut nach. »So viel wie ein guter Sportwagen?«
»In Einzelfällen schon«, sagte Frau Hoffmann. »Ich bin natürlich nicht mehr auf dem neuesten Stand. Ehrlich gesagt lese ich keine

Nachrichten aus dem Reitsport mehr. Aber soweit ich mich erinnere, kann ein besonderes Pferd auch schon mal eine Million kosten – vorausgesetzt, es hat schon große, internationale Turniere gewonnen.«
»Eine Million«, entfuhr es Kim. »Euro?«
»Wie gesagt: Es muss dann schon ein besonderes Pferd sein«, betonte Frau Hoffmann. »Und so ein Pferd würde niemand in einem alten Kuhstall unterstellen – es sei denn, es wurde gestohlen.«

Als Frau Hoffmann ihren Tee getrunken hatte, verabschiedete sie sich von den Mädchen. Marie stellte die leeren Tassen in die Spüle. »Das war ein aufschlussreiches Gespräch. Und ich glaube ihr.«
»Ich auch«, meinte Franzi. »Ziemlich heftige Sache. Kein Wunder, dass sie ungern darüber spricht. Ich fürchte, sie muss sich der Vergangenheit stellen. Dann kann sie auch endlich wieder reiten. Ein Leben ohne Pferde ist doch total doof.«
»Sprich für dich«, meinte Kim.
»Wisst ihr eigentlich, was es bedeutet, wenn wir die Hoffmanns von der Liste der Verdächtigen streichen?«, fragte Marie.
Franzi ging in der kleinen Wohnung auf und ab. Ihr Fußgelenk tat zum Glück kaum noch weh. »Du willst andeuten, dass Antonia verdächtig ist.«
»Auch«, stellte Marie fest. »Ich will aber vor allem andeuten, dass Rick verdächtig ist!«
»Definitiv«, sagte Kim. »Er wusste, dass das Motorrad vollgetankt war und der Schlüssel im Stall hing. Größe und Statur würden auch passen. Er ist sportlich, aber schlank.«
»Zur Tatzeit hat er angeblich mit seinen Eltern gefrühstückt«, fügte Franzi hinzu.
»Er ist der Verdächtige Nummer eins«, entschied Marie.
»Aber warum sollte Rick uns angreifen?« Franzi lief nun noch schneller im Raum auf und ab und machte ihre Freundinnen damit

ganz nervös. »Wir haben ihm nichts getan. Im Gegenteil. Wir haben ein Pferd für ihn eingefangen und er darf hier kostenlos reiten.«

»Vielleicht wollte er das Pferd wild machen, es einfangen und sich dann später als Held aufspielen«, überlegte Marie. »Es kann doch sein, dass sein Stolz nach dem Abwurf angeknackst war und er es nicht verwunden hat, dass Franzi auf Blume so eine super Figur gemacht hat.«

»Oder er kennt das Geheimnis von Blume«, schlug Kim vor. Einen Moment lang war es still in der Wohnung. Dann machte Franzi ein nachdenkliches »Hmmmm«.

»Das könnte sein«, rief Marie. »Er will nicht, dass wir uns zu intensiv mit Blume beschäftigen.«

»Das gilt es zu beweisen.« Kim setzte sich an den kleinen Tisch. »Wie kommen wir möglichst unauffällig an seine Fingerabdrücke?«

Marie grinste breit. Sie war mit zwei federleichten Schritten bei der Garderobe, wo ihre Tasche hing. »Ich hätte da etwas! Erinnert ihr euch daran, wie Old Shettyhand meine Tasche geklaut hat? Rick hat die verstreuten Sachen aufgehoben. Antonia war auch dabei, aber sie hat weder die Puderdose noch das Dietrichset angefasst.«

»Sei vorsichtig! Nicht, dass die Abdrücke verwischen«, mahnte Kim. Sie stellte die Ausrüstung mit dem Pinsel, dem Pulver und den Klebestreifen wieder auf den Tisch. »Ich bin ehrlich gespannt, was wir finden.«

Dieses Mal war es nicht ganz so einfach wie bei dem Zündschlüssel des Motorrads. Aber Kim hatte genug Erfahrung, um das vorhandene Material auszuwerten. Schließlich hob sie beide Daumen. »Wir haben ihn.«

Auf dem Weg zum Stall wurden die Mädchen von Frau Hansen abgefangen. Sie war sehr zufrieden mit der Verpackung der Leckerchen, aber schon wartete die nächste Aufgabe auf die drei !!!.

Zur Eröffnung des Ladens wollte Frau Hansen Blumen basteln. »Fake-Flowers sind gerade voll im Trend«, erklärte sie. »Ich will jede Menge davon aufstellen.«
Da es windig war, konnten die drei !!! nicht auf der Terrasse arbeiten. Sie saßen im Wohnzimmer der Hansens. Durch die Fenster konnten sie in den Obstgarten sehen. Doch der Stall lag um die Ecke. Rick konnte jeden Moment etwas Unerwartetes machen. Marie schnitt nervös kleine Blättchen aus Seidenpapier aus, während Kim einen Strohhalm mit Kleber einschmierte. Eine Blume aus so zarten Blättern stellte auch so schon eine Herausforderung für Franzi dar. Heute hatte sie dafür erst recht keinen Nerv. Schließlich stellte sie sich absichtlich ungeschickt an. Sie benutzte viel zu viel Kleber, schnitt grobe Blätter aus und knüllte die Blätter am Strohhalm fest.
»Was soll das sein?«, fragte Marie, als Franzi ihr erstes Werk in die Mitte des Tisches legte.
»Das ist eine magische Lilie. Sehr selten«, meinte Franzi. »Ich habe sie mit meiner persönlichen Energie aufgeladen und werde sie für viel Geld verkaufen.«
»Sieht eher aus wie ein energetischer Totalausfall«, fand Marie. »Eine Lilie kann ich darin jetzt echt nicht erkennen.«
»Eher ein mutiertes Unkraut.« Kim lächelte, schaute aber gleichzeitig nervös zum Fenster. Ihr ging es wie Franzi. Sie konnte nicht ruhig basteln, während ihr Hauptverdächtiger mit Antonia im Stall war.
Christine Hansen brachte einen Krug mit Limonade. Sie machte ein überraschtes Gesicht, als sie Franzis Kunstwerk entdeckte. »Die Blume ist gewöhnungsbedürftig.«
»Seltene Energiekunst«, verkündete Marie.
»Vermutlich unverkäuflich.« Frau Hansen stellte den Krug ab und wandte sich Franzi zu. »Ich weiß, dass es anfangs nicht so leicht ist. Vielleicht versuchst du es gleich noch einmal.«

Franzi zog entschuldigend die Schultern hoch. »Weißt du, ich kann alte Ställe entrümpeln, Leckerchen backen oder Preisschilder bemalen, aber mit Schere und Kleber bin ich eine echte Niete.«
»Es ist halt nicht deine Stärke«, sagte Kim versöhnlich. »Vielleicht kannst du Antonia helfen. Sie müht sich im Stall ab. Ich glaube, sie wollte auch noch die Pferdeäpfel von der Koppel holen.«
»Aber das kann ich doch machen.« Franzi sprang auf. »Ist das okay, Christine?«
Frau Hansen drehte die verunglückte Blume in den Händen. Dann musste sie grinsen. »Ich glaube, das ist eine sehr gute Idee.«

Franzi war heilfroh, die Bastelaktion zu verlassen. Auch wenn die ersten Ergebnisse ihrer Freundinnen wunderschön aussahen. Sie war als Detektivin im Einsatz. Rick leerte gerade eine Schubkarre auf dem Misthaufen aus. Er lächelte ihr entgegen. »Hi Franzi!«
»Hallo!« Franzi spürte, dass sie rot wurde. »Wir wollen nachher noch etwas an den Strand. Willst du mitkommen?«
»Ich muss erst noch meine Eltern fragen«, meinte Rick.
»Klar«, sagte Franzi. »Wohnt ihr eigentlich direkt in Katenkoogen?«
»Nein, das Hotel liegt in einem Nachbarort.« Rick steuerte den Stall an. »Ich habe Antonia versprochen, mit ihr das Sattelzeug zu reinigen. Es ist bei unserem Ausflug ans Meer sandig geworden.«
»Ich helfe euch«, bot Franzi an.
»Wir schaffen das schon allein«, erwiderte Antonia, die in Hörweite stand und den Platz vor dem Stall fegte.
»Zu dritt geht das viel schneller.« Franzi setzte ein unschuldiges Strahlen auf. »Vielleicht kommt Rick nachher mit zum Strand.«
Rick lächelte. Aber Franzi fand, dass es etwas gequält aussah. Antonias Gesichtsausdruck sprach sowieso Bände. Dass Franzi ihnen helfen wollte, passte ihr gar nicht. Ein paarmal versuchte Antonia, Rick in ein Gespräch zu verwickeln, aber Franzi grätschte munter

dazwischen. Während sie mit einem feuchten Schwamm die Sattelpauschen abrieb, stellte Franzi eine Frage nach der anderen. »Reiten deine Eltern auch?«

»Manchmal«, meinte Rick.

»Ihr kommt nicht aus der Gegend, oder?«

»Nein.«

»Es haben ja nicht alle Bundesländer Maiferien.« Franzi bearbeitete den Steigbügelriemen. »Wir hatten Glück, dass es dieses Jahr bei uns gleich mehrere Tage sind.«

»Wir auch«, sagte Rick. »Ich konnte wirklich mal eine Pause von der Schule brauchen.« Schon erzählte er von einem Deutschlehrer, der ihn ständig ungerecht benotete. Antonia fand das spannend, aber Franzi merkte, dass Rick ihr auswich. »Wie kommt es, dass du als Junge reitest?«

»Das ist doch voll die dumme Frage!« Antonia sah von der Trense auf, die sie gerade einfettete. »Warum sollten Jungen denn nicht reiten? Viele berühmte Springreiter sind Männer.«

»Bist du ein berühmter Springreiter?«, fragte Franzi.

Nun war es Rick, der rote Wangen bekam. »Eh … nein.«

Franzi schaltete auf Flirtmodus um. »Also, das werde ich nachher im Internet überprüfen.«

»Da wirst du nichts finden«, sagte Rick. »Ich bin total unbekannt.«

»Schade«, sagte Franzi. So kam sie nicht weiter. Sie wusste nicht einmal, wo Rick gerade wohnte.

»Ich frage meine Eltern, ob ich bis abends bei euch bleiben darf.«

»Mach das«, freute sich Antonia.

Franzi freute sich nicht. Wenn Rick wenigstens einen Rucksack dabeigehabt hätte. Dann würde sie diesen jetzt heimlich durchsuchen. Aber so blieb ihr nur noch eine drastische Maßnahme. Rick musste sofort zurück in sein Hotel – und Franzi wusste auch schon, wie sie das anstellen würde.

Die drei
Spiel

DU BRAUCHST …

- Seidenpapier
- grüne Strohhalme
- Klebstoff
- Schere

SCHWIERIGKEITSGRAD

- hoch

Blüten für die Ewigkeit

Diese Blumen welken nie. Versprochen! Mit ein bisschen Geschick zauberst du diese fröhlichen Frühlingsboten in jedes Zimmer.

1 Zeichne mit den Schablonen sechs Blätter und den Blütenkelch auf das Papier und schneide sie aus. Du kannst für den Kelch das gleiche Papier benutzen wie für die Blätter oder eine andere Farbe wählen.

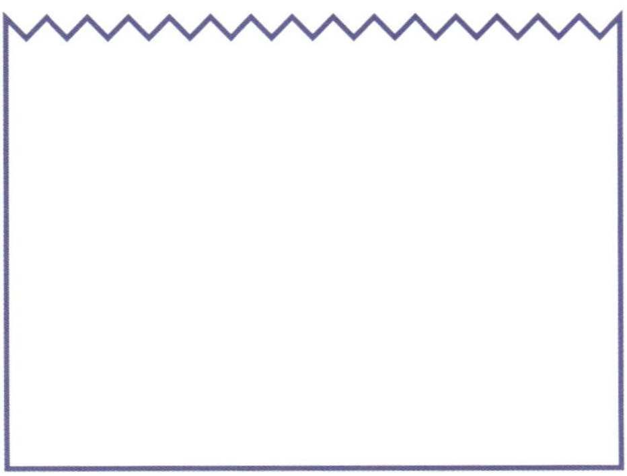

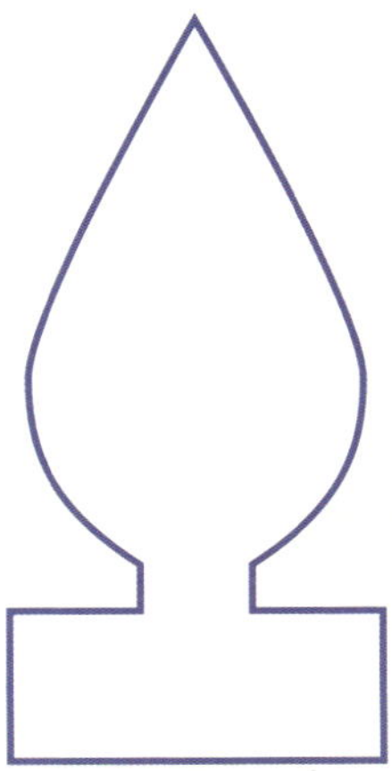

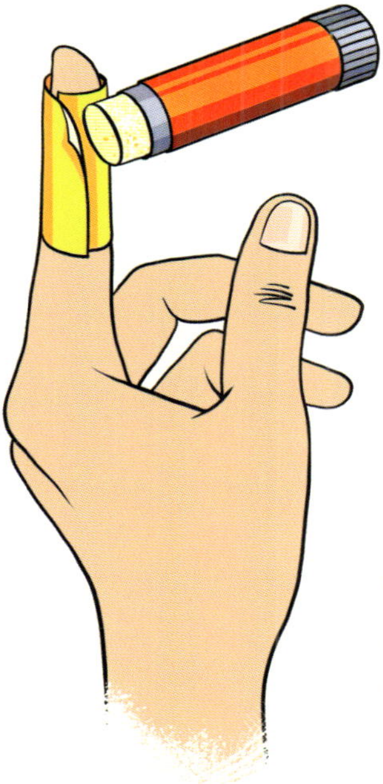

2 Klebe den Kelch mit einem Klebestift zu einer Röhre, die um deinen Zeigefinger passt.

3 Jetzt bestreichst du den Strohhalm am oberen Ende mit Papierklebstoff. Schiebe die untere Hälfte der Kelchröhre über den Strohhalm und drücke sie fest.

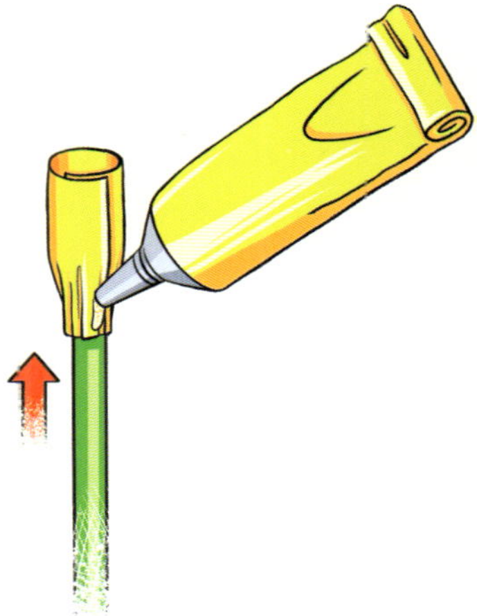

4 Klebe nun die Blütenblätter rings um den Blütenkelch. Streiche die kleinen Klebeflächen mit Papierklebstoff ein und befestige sie am Strohhalm.

Maries Tipp

Narzissen aus Seidenpapier sind besonders im Frühling eine tolle Partydeko. Aber du kannst mit verschiedenen Materialien auch andere Blümchen zaubern. Zeitungspapier, Geschenkpapier, Krepppapier oder sogar Butterbrotpapier sorgen für einen tollen Look. Für die fortgeschrittene Variante verwendest du schillernde Transparentfolie.

5 Jetzt klebst du einen Streifen grünes Seidenpapier von außen über die Klebestellen der Blütenblätter. Damit hält alles gut zusammen. Dass das Papier dabei etwas knittert, ist nicht weiter schlimm. Die Stiele echter Blumen sehen ganz ähnlich aus.

EIN KLEINER TIPP: Du kannst statt Strohhalmen natürlich auch grünes Seidenpapier zu länglichen Rollen falten und diese als Stiele verwenden. Zusätzlich kannst du auch noch grüne Blätter ausschneiden und ankleben.

Insektenopfer und Essigduft

Auf einem kleinen Bord im Stall stand eine Flasche Obstessig. Er wurde genutzt, um Fliegen zu vertreiben. Verdünnt konnte man den Essig zum Beispiel auf die Flanken und die Kruppe des Pferdes sprühen. Franzi hatte es jetzt allerdings nicht auf lästige Insekten abgesehen, sondern auf Rick. Sie schnappte sich die Flasche und kehrte damit zurück in die Sattelkammer. »Kann ich davon etwas nehmen? Damit kann man Umschläge machen und mein Fuß tut immer noch so weh.«

»Umschläge mit Essig?«, fragte Rick zweifelnd. »Ich dachte, dafür nimmt man eher Quark.«

»Essigwickel helfen gegen Blähungen«, sagte Antonia spitz.

Franzi machte die Flasche auf und schnupperte. »Riecht auch ziemlich mies. Vielleicht frage ich deine Mutter doch besser nach Quark und –« Sie kreischte auf und riss den Arm hoch. Der Essig spritzte aus der offenen Flasche und landete in einem Regen aus großen, gelblichen Tropfen auf Rick. »Mich hat etwas gestochen!« Franzi biss schmerzverzerrt die Zähne zusammen und griff sich an die Schulter. Sie war nicht so eine begabte Schauspielerin wie Marie, aber das war eine Meisterleistung gewesen. Sie mimte das Insektenopfer und Rick hatte wie geplant eine widerliche Dusche abbekommen. Kurz überkam Franzi der Hauch eines schlechten Gewissens. Unverdünnt würde der Essig an Ricks Haut ein leichtes Brennen auslösen. Aber die Irritation war hoffentlich nicht wirklich gefährlich, sondern nur eine gerechte Strafe für jemanden, der Reiter mit dem Motorrad in Gefahr brachte. Rick hatte Essig ins Haar bekommen und auf sein Hemd. Er stank erbärmlich.

»Entschuldige bitte«, jaulte Franzi. »Der Stich kam aus dem Nichts. Ich habe mich so erschrocken.« Sie schnappte sich das Handtuch mit dem Lederfett und rieb damit auf Ricks Schulter herum. Dort waren die meisten Essigspritzer gelandet. »Warte, ich helfe dir.«
»Du machst es noch schlimmer«, fauchte Antonia. Sie schob Franzi beiseite. »Rick, du kannst dich bei uns im Bad sauber machen. Ich bringe dir ein Handtuch.«
»Ich fürchte, da hilft nur eine Dusche«, sagte Franzi zerknirscht. »Und ein neues Hemd.«
Rick zögerte. Franzi hoffte inständig, dass er sich für eine Dusche im Hotel entschied. Obwohl Rick Reitsachen trug, waren es teure Markenklamotten – saubere Markenklamotten, die perfekt saßen. Er würde wohl kaum ein altes Hemd von Antonias Vater anziehen und sich notdürftig an einem Wasserhahn reinigen, oder?
»Ich fahre kurz ins Hotel«, entschied er.
»Ich kühle solange meinen Stich«, verkündete Franzi. Sie wandte sich ab, damit keiner ihr zufriedenes Grinsen sehen konnte.

Natürlich kühlte Franzi keinen Stich. Den hatte sie sich schließlich nur ausgedacht. Sie holte eines der Gästefahrräder aus dem Unterstand, wo auch der Trecker parkte. Als Detektivin kannte sich Franzi mit Verfolgungsjagden aus. Man musste Abstand halten, um nicht aufzufallen. Gleichzeitig durfte man den anderen auch nicht aus den Augen lassen. Trotz der Wärme schnappte sich Franzi die alte Wachsjacke von Tante Betti, die an einem Haken hing. Dazu eine Baseballmütze, die starr vor Schmutz war. Wenn Rick sie in der Ferne sah, würde er sie nicht sofort erkennen. Von der Einfahrt des Hofes aus sah Franzi, dass Rick nicht den Weg nach Katenkoogen einschlug. Er radelte in die entgegengesetzte Richtung. Franzi ließ ihm einen Vorsprung, dann überquerte sie die Straße und startete die Verfolgung. Eine ganze Weile ging es einfach nur geradeaus. Das Land war hier so flach, dass Franzi einen guten Überblick hatte. Da es keine Abbieger gab, konnte sie die Sache zunächst entspannt angehen. Rick fuhr an Rapsfeldern und Wiesen vorbei, bis er an eine größere Kreuzung kam. Hier bog er links ab. Nun wurde die Landschaft wieder hügeliger. Hin und wieder bogen kleine Straßen und Feldwege von der Landstraße ab. Franzi hatte Mühe, Rick nicht zu verlieren. Der Junge trat kräftig in die Pedale und Franzis Gangschaltung entschied sich, endgültig den Geist aufzugeben. Als sie das gelbe Ortsschild von Olltrup erreichte, war sie leicht aus der Puste. Doch Franzi wurde durch das Tempo erst recht angespornt. Olltrup war ein lang gezogener Ort. Kurz bevor die Häuser wieder in Felder und Wiesen übergingen, bog Rick erneut ab. Ein Schild wies auf das »Wellnesshotel am Klipphang« hin. Der Weg führte durch ein kleines Wäldchen aus raschelnden Pappeln. Dahinter erstreckte sich das satte Grün eines Golfplatzes. Ein Hotel im Landhausstil lag auf einer kleinen Anhöhe. Dahinter fiel das Land steil zum Meer ab. Von den Zimmern aus musste man einen großartigen Blick auf die Ostsee haben. Franzi hielt an. Es gab keine Abzweigungen mehr. Rick wollte ganz offensichtlich in das Hotel. Sie tat so, als würde sie eine Nachricht auf ihrem Handy checken. Zwischendurch sah sie kurz auf. Rick eilte gerade zum Haupteingang des Hotels. Mit der alten Jacke, der dreckigen Mütze und ihren Gummistiefeln konnte Franzi ihm unmöglich folgen. Aber das war auch nicht nötig. »Bin kurz hinter Olltrup«, schrieb sie in einer Nachricht an Marie und Kim. »Rick wohnt im Wellnesshotel am Klipphang.«

Kurz darauf summte ihr Handy. Eine Antwort von Kim. »Komm wieder zurück, bevor er dich entdeckt. Marie wird gleich im Hotel anrufen.«

Franzi strahlte. Endlich waren sie einen Schritt weiter.

Marie hob ihr Smartphone ans Ohr. In der Dachwohnung war der Empfang nicht ganz so schlecht wie auf dem Hof. Bereits nach dem zweiten Klingeln meldete sich eine freundliche Frauenstimme: »Wellnesshotel am Klipphang, wie kann ich Ihnen behilflich sein?«

»Hallo«, sagte Marie freundlich. »Ich jobbe gerade beim Reitstall Dünenhof. Wir haben am Donnerstag ein Pferd an einen Ihrer Gäste verliehen – einen Jungen, etwa sechzehn Jahre. Ich … ich habe heute Cola über den Ordner mit den Mietverträgen gekippt. Das ist total übel. Wegen der Versicherung und so. Ich kenne mich da ehrlich gesagt nicht so aus, aber ich muss jetzt alle Reiter, die man nicht mehr eindeutig lesen kann, neu eintragen.«

»Ich darf Ihnen die Namen unserer Gäste nicht einfach so nennen«, erklärte die Frau an der Rezeption des Hotels.

»Aber wir haben den Namen und die Adresse doch eigentlich schon gehabt. Wenn jemand ein Pferd bei uns ausleiht, muss er den Ausweis vorzeigen«, erklärte Marie. »Ich kann ja auch Teile des Eintrags noch lesen. Unter anderem hat er Ihr Hotel als Aufenthaltsort angegeben. Und ich kann noch ein paar Buchstaben entziffern. R…i…ck… oder so. Und danach vielleicht ein Silber? Da bin ich mir leider nicht ganz so sicher.« Marie hörte, dass die Frau am anderen Ende der Leitung etwas auf einer Computertastatur eingab.

»Friedrich Silberwald«, sagte die Frau schließlich. »Aber ich darf Ihnen ohne Zustimmung nicht seine Adresse geben.«

»Friedrich Silberwald. Ja, das könnte passen. Vielleicht reicht das meinem Chef auch schon. Ich kläre das mit ihm.« Marie seufzte. »Vielen Dank!«

»Nichts zu danken«, antwortete die Frau.

»Er heißt gar nicht Rick Silber«, stellte Kim laut fest, als Marie aufgelegt hatte.

»Sehr kreativ war er mit seinem Tarnnamen ja nicht.« Marie schüttelte ungläubig den Kopf. »Wenn er sich jetzt Lutz Bruselkamp genannt hätte, wäre die Sache am Telefon nicht so glatt gelaufen.«
»Wer heißt denn schon Lutz Bruselkamp?«, prustete Kim los.
»Er jedenfalls nicht.« Marie rief den Browser auf ihrem Smartphone auf. Dann tippte sie »Friedrich Silberwald« ein. Es dauerte etwas, bis die Ergebnisse angezeigt wurden.
»Hast du ihn?«, fragte Kim.
Marie strahlte über das ganze Gesicht. »Volltreffer! Sogar mit Foto.«
»Zeig her!« Kim beugte sich vor und sah die Seite eines Pferdesportverbandes.
»Friedrich Silberwald ist Mitglied des Nachwuchskaders im Springreiten.« Marie schob den Text langsam mit dem Zeigefinger hoch. »Pferd: Pioneer, Holsteiner. Nachwuchskader U 18 Junioren. Sein Verein heißt RV Ginsenfleth.«
»Gib ihn mal bei der Bildersuche ein«, drängte Kim.
»Ich weiß doch, wie er aussieht«, sagte Marie irritiert. »Das auf dem Foto ist eindeutig Rick.«
»Mir geht es um das Pferd«, sagte Kim. »Also tu mir den Gefallen.«
»Geht schon los«, versprach Marie.
»Blume!« Kim riss die Augen auf. »Habe ich es mir doch gedacht.«
»Meinst du?« Marie blickte auf ein Bild von Rick. Er setzte gerade auf einem dunkelbraunen Pferd zum Sprung an. »Könnte sein.«
»Wir brauchen mehr Bilder«, entschied Kim. »Dann vergleichen wir die Bilder mit unserem Blume.«

Marie und Kim standen gerade mit gezücktem Smartphone beim Paddock, als Franzi auftauchte. Ihr Gesicht war gerötet von der schnellen Fahrt. »Sind wir schlauer?«

»Und ob«, triumphierte Marie. Mit wenigen Worten brachte sie ihre Freundin auf den neuesten Stand und hielt ihr das Handy hin. »Was meinst du?«
Franzi schaute sich eine Weile die Bilder von Pioneer an, dann blickte sie hoch zu Blume. Der Hengst stand mit dem Shetlandpony am hinteren Teil des Paddocks und rupfte das Gras aus, das unter dem Zaun wuchs.
»Beide Pferde sind dunkelbraun und haben nur ein einziges Abzeichen – die weiße Flocke.« Franzi nickte langsam. Dann rief sie leise: »Pioneer!« Der Hengst reagierte nicht. »Nierieee«, versuchte es Franzi mit einem Spitznamen. Dann fügte sie noch ein »Pio!« hinzu. Noch immer keine Reaktion.
»Hören Pferde auf ihren Namen?«, wollte Marie wissen.
»Tinka kommt, wenn ich sie rufe«, meinte Franzi. »Aber es kann natürlich auch sein, dass der Hengst nur im Pferdepass Pioneer heißt und privat anders genannt wird.«
»Ich bin mir sicher, dass er es ist«, meinte Kim.
»Er hat nicht auf seinen Namen reagiert und er hat sich nicht die Bohne für Rick interessiert«, gab Franzi zu bedenken. »Wenn jemand intensiv mit einem Pferd trainiert, baut es eine Beziehung zu seinem Reiter auf. Blume hat sich verhalten, als sei Rick ein Fremder.«
»Wir müssen eben mehr über die beiden herausfinden«, entschied Kim. »Lasst uns wieder in die Wohnung gehen. Dann schauen wir nach, ob wir jemanden aus Ricks Verein erreichen.«
Es war ein guter Plan. Die Mädchen brauchten jedoch fast eine Stunde, bis sie eine achtzehnjährige Turnierreiterin aus dem RV Ginsenfleth fanden, die bereitwillig über Rick plauderte. Marie gab sich dieses Mal als Volontärin bei einem Magazin für Pferdesport aus. Schon nach den ersten Fragen war deutlich: Die junge Reiterin schien Rick nicht besonders zu mögen. Sie hielt ihn für

einen unsympathischen Angeber und glaubte, dass Rick ausschließlich wegen seines Pferdes so weit gekommen war. »Pioneer stammt aus einem super Stall. 1A Herkunft und Ausbildung. Ohne ihn ist Friedrich ein Niemand«, sagte sie mit Nachdruck. »Aber wir werden ja sehen, wie gut er auf einem anderen Pferd performt.«

»Hat er denn noch weitere Pferde?«, hakte Marie nach.

»Sie haben sich aber noch nicht wirklich gut informiert, oder?« Ein leichter Vorwurf klang in der Stimme der Reiterin mit.

»Entschuldigen Sie«, sagte Marie freundlich. »Ich bin erst seit ein paar Wochen bei dem Magazin.«

»Kein Problem«, entgegnete die Reiterin versöhnlich. »Er hat noch einen Wallach. Aber der kann Pioneer nicht das Wasser reichen. Seit sich Pioneer beim Training schwer an der Hinterhand verletzt hat, ist bei den Silberwalds Ausnahmezustand angesagt. Pioneer ist jetzt irgendwo in einer gigantisch teuren Pferde-Reha und wird dort therapiert. Aber wenn Sie mich fragen, wird der in absehbarer Zeit nicht mehr in den oberen Leistungsklassen antreten können. Dabei ist er im nächsten Monat für ein superwichtiges Turnier gemeldet.«

»Was passiert mit Pioneer, wenn er nicht mehr fit wird?«, fragte Marie beklommen.

»Hengste können für die Zucht eingesetzt werden«, erklärte die junge Reiterin. »Aber bei Pioneer sind die großen Zuchterfolge bislang ausgeblieben. Ich schätze, er wird verkauft und als Ausbildungspferd eingesetzt.«

»Das werde ich mir notieren«, meinte Marie.

»Fragen Sie Friedrich am besten selbst. Er redet unheimlich gern über sich und seine Erfolge. Aber sagen Sie bloß nicht, dass Sie die Infos von mir haben! Sonst verklagt mich am Ende noch sein Vater.«

»Keine Sorge, ich behandele meine Quellen streng vertraulich«, versprach Marie.

Detektivtagebuch von Kim Jülich
Samstag, 18:20 Uhr

Es gibt schon wieder so viele Neuigkeiten! Der Fall kommt jetzt richtig ins Rollen – sofern man bei Springpferden von rollen *sprechen kann. Wohl eher von galoppieren.*
Rick ist jetzt unser Hauptverdächtiger. Er heißt in Wirklichkeit Friedrich Silberwald, wohnt in einem Luxushotel im Nachbarort und ist Springreiter. Sein Pferd sieht genauso aus wie Blume, aber diese Tatsache gibt uns gerade noch Rätsel auf. Friedrichs Pioneer ist angeblich am Hinterbein verletzt. Blume hingegen zeigt keine Spur einer Verletzung. Selbst nach der hektischen Flucht vor dem Motorrad war er fit. Franzi ist sich sicher, dass er nicht lahmt, die Beine normal belastet und keine Narben hat. Sie hat ihn vorhin noch einmal gründlich untersucht. Sogar Frau Hoffmann ist dazugekommen. Seit einem Unfall beim Springreiten meidet sie Pferde, aber sie will jetzt endlich ihre Vergangenheit überwinden. Ihrer Meinung nach ist Blume in hervorragender Verfassung.
Falls Blume also Pioneer ist, hat er sich definitiv nicht verletzt. Und wenn er nicht Pioneer ist? Dann stellt uns das vor noch mehr Rätsel! Wir brauchen Antworten. Also werden wir Rick aus der Reserve locken.
Frau Hansen wollte heute mit uns Briefpapier bedrucken. Sie hat dafür superhübsche Motive aus Moosgummi ausgeschnitten: Möwen, Leuchttürme, Pferde, Glücksklee, Muscheln und so weiter. Die Umschläge und Briefbögen kann man dann auch im Hofladen kaufen – statt der üblichen Postkarten.
Warum das hier wichtig ist? Die Aktion hat uns auf eine gute Idee gebracht. Marie hat mit einem Herzchenstempel einen Liebesbrief

vorbereitet. Es sieht toll aus. Jetzt werden wir uns gleich mal einen passenden Text ausdenken. Und dann bekommt Rick Post!

Love

DU BRAUCHST …

- Moosgummi
- Stift
- Klebstoff
- Nagelschere
- Papier und Umschläge
- Korken, Bauklötzchen oder Plastikbehälter (als Griff)
- Farbe (z. B. Aquarell) und Pinsel oder Stempelkissen

SCHWIERIGKEITSGRAD

- einfach

Die Post ist da

Egal, ob Liebesbrief, Urlaubspost oder Einladung: Mit diesen Stempeln werden deine Briefe zu echten Hinguckern. Die selbst gemachten Stempel eignen sich auch gut für Geburtstagskarten oder Geschenkanhänger.

1 Leg deine Schablone auf das Moosgummi und zeichne die Umrisse nach. Danach schneidest du die Form aus.

2 Dein Stempel braucht nun noch einen Griff. Klebe das Moosgummi auf die flache Seite des Korkens. Größere Motive kannst du auf leere Plastikbehälter kleben oder du verwendest alte Bauklötze.

Motivsuche

Für die Stempel brauchst du ein Motiv mit klaren Umrissen. Wenn du sehr dünne Moosgummiplatten verwendest, kannst du die Form auch mit einem Motivlocher ausstanzen. Oder du drückst ein Ausstechförmchen fest auf das Moosgummi und schneidest entlang des Abdrucks aus.

3 Nicht jedes Papier eignet sich zum Stempeln. Mach vorher eine Probe, ob das Papier die Farbe gut annimmt. Stempel sehen übrigens auf Aquarellpapier sehr schön aus.

4 Zum Stempeln verwendest du ein Stempelkissen oder du färbst deinen Stempel mit einem Pinsel ein. Je nachdem, ob du Tusche, Acryl oder Aquarellfarben nimmst, bekommst du unterschiedliche Ergebnisse.

5 Mit einem goldenen Fineliner oder mit dicken Buntstiften kannst du die fertig gestempelten Bilder noch verzieren. Toll sieht es auch aus, wenn du die gestempelten Bilder ausschneidest und als Aufkleber verwendest.

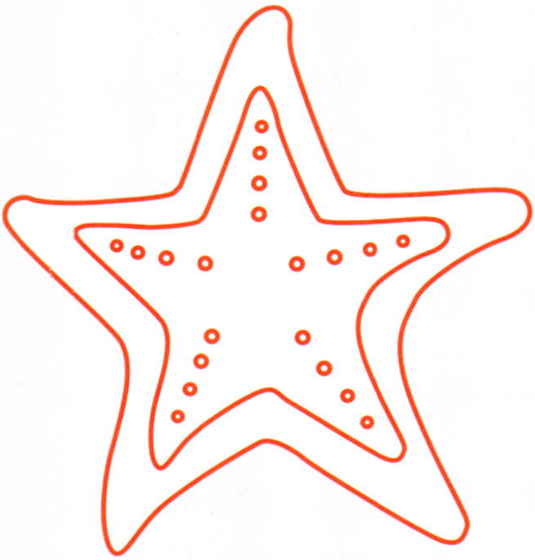

Kims Tipp

Stempel kann man nicht nur für Briefpapier benutzen. Auch die Windlichter aus Butterbrottüten von Seite 17 oder die Stoffhäubchen der Marmelade (Seite 34) kann man damit bedrucken.

Liebesgrüße aus Katenkoogen

Die drei !!! saßen im Strandkorb des Fischrestaurants. Jetzt, am Sonntagmorgen, war es noch geschlossen. Die Mädchen hatten alles vorbereitet. Unten am Strand gab es eine Reihe nummerierter Strandkörbe. In einem davon war ein Schild festgeklebt: »Reserviert für Rick!« Bunt verziert mit gestempelten Möwen, Ankern und Herzchen. Darunter klebte ein ebenso bunter Umschlag. Es sah fröhlich und harmlos aus, war jedoch Teil des Plans.

Am Vorabend waren die Mädchen mit den Rädern zum Wellnesshotel am Klipphang gefahren. An der Rezeption hatten sie einen Brief und eine Papierblume für Friedrich Silberwald hinterlassen. Dafür hatte Marie sich mit einer großen Sonnenbrille und einem Kopftuch in Schale geworfen. Rick war erst später wieder ins Hotel zurückgekehrt. Er hatte den Abend bei den Hansens verbracht. Mittlerweile sah es so aus, als wären er und Antonia ein Paar. Auch heute waren die beiden wieder verabredet. Die drei !!! hofften jedoch, dass Rick zuerst zum Strand kommen würde. In dem Brief, den sie im Hotel abgegeben hatten, war dieser Ort angegeben: *»Lieber Friedrich, Du bist ein Pionier der Flirtkunst. Diese Blume hast Du verdient. Doch eine Hürde musst Du noch überwinden. Dahinter liegt die Wahrheit. Morgen, 8:30 Uhr, Katenkoogen, Strandpromenade, Strandkorb Nr. 42.«*

Die Mädchen hofften, dass Rick die Doppeldeutigkeit des Briefes verstehen würde. Pionier war schließlich das deutsche Wort für Pioneer und dann gab es noch die Anspielung auf Blume. Das Warten fiel ihnen nicht leicht. Gemeinsam hatten sie ihren Strandkorb so gedreht, dass Rick sie vom Strand aus nicht sehen konnte.

»Und wenn er nicht kommt?«, fragte Franzi zum dritten Mal an diesem Morgen.
»Pst!«, machte Kim. Dann flüsterte sie: »Wenn er den Wink mit dem Zaunpfahl nicht versteht, ist er echt auf den Kopf gefallen.«
»Es könnte aber sein, dass er nicht gleich reagiert«, gab Marie leise zu bedenken.
»Der Brief im Strandkorb ist eindeutig«, raunte Kim. »Danach muss er sich mit seinen Eltern absprechen oder etwas anderes tun.«
»Er kommt!« Franzi packte Kim am Arm.
Jemand stapfte durch den Sand und hielt beim Strandkorb Nr. 42 an. Es war Rick. Von ihrem Posten aus konnten die Mädchen nicht sehen, was er im Strandkorb tat. Aber mit etwas Glück würden sie es später hören. Unten in der Klappe für die linke Fußbank hatten die drei !!! ein Diktiergerät verstaut. Franzi schätzte, dass Rick jetzt im Strandkorb saß und den zweiten Brief las. Darin stand: *»Friedrich, ich weiß, dass Du das Motorrad gefahren hast. Und ich weiß noch mehr. Ich kenne deine Geheimnisse! Und heute Nachmittag werde ich sie enthüllen.«*
Rick war aufgestanden und sah sich um. Er ging zu den benachbarten Strandkörben und sah hinein. Franzi biss die Zähne aufeinander. Rick durfte jetzt nicht zum Restaurant kommen und auch noch in ihren Korb schauen. Aber dafür waren sie zu weit weg. Nachdem Rick sich vergewissert hatte, dass niemand in der Nähe war, setzte er sich wieder in die Nr. 42. Die drei !!! konnten nur abwarten. Es dauerte fast zehn Minuten, ehe Rick wieder aufstand und zur Promenade ging. Die Mädchen folgten ihm unauffällig. Der Junge hatte sein Fahrrad am Parkplatz angeschlossen. Marie und Kim ließen ihm einen kleinen Vorsprung und radelten mit Sicherheitsabstand hinter ihm her. Franzi hingegen eilte zum Strandkorb. Das Diktiergerät lief noch. Franzi sicherte die Aufnahme, dann joggte sie zurück zu ihrem Rad.

Rick fuhr auf geradem Weg zum Hof der Hansens. Das war nur logisch, da er mit Antonia verabredet war. Außerdem führten alle Spuren bei den Hansens zusammen. Es war gut möglich, dass er die drei !!! bereits als Briefeschreiber verdächtigte. Aber die Mädchen wollten ihn noch nicht konfrontieren. Auf dem Hof teilten sie sich erneut auf. Franzi wollte das Tonband abhören und die beiden anderen würden unterdessen Rick beschatten.
Franzi verlor keine Zeit. Sobald sie die Tür hinter sich geschlossen hatte, schaltete sie das Diktiergerät ein. Sie musste etwas vorspulen, bis sie eine Stimme hörte. Ein Jubelschrei entwich ihrem Mund. Rick hatte tatsächlich jemanden angerufen! Franzi schaltete das Gerät auf volle Lautstärke, um alles gut zu verstehen. »Ich bin es«, sagte Rick. Er klang gestresst. »Du kannst mich mit dem Kram nicht alleinlassen. Jemand weiß von Pioneer und Pegasus.« Es folgte eine kurze Pause, dann sprach Rick wieder. »Deine Geschäfte sind doch immer wichtig. Aber du wolltest, dass ich ein Spitzenreiter werde. Das mit Pegasus war deine Idee. Du hast behauptet, dass die Nummer vollkommen problemlos funktionieren würde. Dafür sitzt du jetzt in London und ich kann zusehen, wie Pegasus von vier nervigen Mädchen belagert wird.« Rick schnaubte wütend. Am anderen Ende der Leitung wurde anscheinend geantwortet. Rick beschränkte sich auf einige wenige »Hmmms«. Doch dann schnappte er hörbar nach Luft. »Ich soll das bis Mittwoch durchziehen? Ist das dein Ernst? Und wenn ich erpresst werde? Was soll ich machen, wenn die Sache auffliegt?« Wieder Stille. Dann ein resigniertes: »Okay … klar … Herr Ullrich steckt so tief in der Sache drin, dass er uns einfach helfen muss. Zur Not gegen Bares.« Rick schwieg noch einmal, dann beendete er das Gespräch. »Ja, Papa. Ich weiß, dass man für den Leistungssport Opfer bringen muss. Danke! Aber jetzt muss ich zusehen, dass ich das irgendwie überstehe … ja. Tschüss.«

Franzi hatte sich die wichtigsten Stichworte auf einem Zettel notiert. Ein Wort hatte sie mehrfach unterstrichen: »Pegasus«. Jetzt brauchte sie Marie und das Smartphone.

Die drei !!! waren die nächste Stunde voll im Einsatz. Kim überwachte Rick, während Franzi und Marie im Internet recherchierten und am Telefon hingen. Schließlich hatten sie alle Informationen, die sie brauchten.

»Und?«, fragte Kim ungeduldig, als ihre Freundinnen zu ihr auf die Terrasse kamen.

»Wieso lässt du unseren Hauptverdächtigen aus den Augen?«, fragte Franzi ungläubig.

»Rick und Antonia sind im Haus. Sie sitzen an der Spielekonsole«, berichtete Kim, während sie halbherzig Turnierschleifen aus buntem Papier faltete. Die Vorlagen von Frau Hansen sahen wunderschön aus, aber man musste sich beim Falten konzentrieren und genau das gelang Kim gerade nicht.

»Das Telefonat von Rick und seinem Vater hat uns auf die richtige Spur geführt.« Marie setzte sich zu Kim an den Gartentisch. »Ein paar Kilometer von hier entfernt in Kleckenbüll liegt das Gestüt Kastanienhof. Es gehört der bekannten Springreiterin Daniela Müller. Auf dem Kastanienhof gab es bis vor Kurzem einen Hengst namens Pegasus. Er ist als Springpferd bei internationalen Turnieren angetreten. Angeblich musste er vor wenigen Tagen wegen einer schweren Kolik eingeschläfert werden.«

»Aber wir glauben, dass das nicht stimmt«, platzte Franzi dazwischen. »Pegasus gleicht Blume bis aufs Haar.«

»Und was ist dann mit Pioneer?«, fragte Kim.

»Pioneer und Pegasus sehen sich sehr ähnlich«, meinte Franzi. »Vermutlich will Ricks Vater die Pferde austauschen. Der verletzte Pioneer verschwindet unauffällig und der erfolgreiche Pegasus tritt seine Stelle an. Dann hat Rick ein Pferd, mit dem er es bis an die Spitze schaffen kann.«

»Aber wir schätzen, dass Pegasus nicht zum Verkauf stand«, erklärte Marie. »Daniela Müller hatte Pläne, mit ihm bei Olympia anzutreten.«

Franzi nickte. »So ein Pferd gibt man nicht einfach weg. Und wenn man es doch verkauft, dann für eine gigantische Summe.«

»Rick hat bei dem Telefonat einen Mann namens Ullrich erwähnt, der bei der ganzen Sache geholfen hat. Wir konnten herausfinden, dass ein Simon Ullrich als Tierarzt auf dem Gestüt arbeitet.«

»Dann geht ihr davon aus, dass er den Tod von Pegasus nur vorgetäuscht hat, um ihn den Silberwalds zu verkaufen?«, fragte Kim.

»Ich möchte mit euch reden!« Frau Hansen trat aus dem Haus. Ihr Gesicht war ernst. Hinter ihr erschienen Antonia und Rick.

»Was ist denn?« Franzi hatte ein ungutes Gefühl im Bauch.

Frau Hansens Stimme klang eiskalt. »Antonia hat mir die ganze Sache mit dem Motorrad berichtet. Sie hat aus dem Fenster gesehen, dass Kim gefahren ist. Marie hat die Dosen festgebunden.«

»Wie bitte?« Marie war aufgesprungen.

Franzi starrte Antonia entsetzt an. »Warum sollten meine Freundinnen das tun? Das ist doch Irrsinn.«

»Ihr wusstet, dass ich zuerst reiten würde. Darum habt ihr das gemacht«, sagte Antonia mit weinerlicher Stimme. »Ihr wolltet, dass Blume mich abwirft.«

»Das ist doch Quatsch«, fauchte Marie.

»Ist es nicht! Ihr wolltet mich vor Rick lächerlich machen, damit Franzi eine Chance bei ihm hat«, rief Antonia. «Außerdem habt ihr mich die ganze Zeit ausgeschlossen.«

»Das ergibt alles keinen Sinn«, mischte sich Kim ein.

»Doch!«, entgegnete Antonia. »Ihr habt unsere Gastfreundschaft benutzt, um einen schönen Reiterurlaub zu machen. Ohne

Rücksicht auf mich und meine Familie. Ich weiß auch, dass ihr an eurem Ankunftstag Marmelade aus dem Kaninchenstall an der Straße geholt habt.«
Franzi musste sich stark zusammenreißen, um nicht zu explodieren. »Das sind alles Lügen!«
»Wegen der Marmelade habe ich einen Verdacht«, fing Marie an. Doch sie wurde unterbrochen.
Antonia machte einen Schritt auf sie zu. »Das ist doch jetzt nicht wichtig.«
»Mir reicht es«, ging Frau Hansen dazwischen. »Wenn das wirklich stimmt, rufe ich eure Eltern an.«
»Es stimmt nicht«, verteidigte sich Kim.
Frau Hansen sah ihre Tochter an, dann die drei !!!. »Warum sollte Antonia lügen?«
»Ich habe eine Idee.« Kim zwang sich, ruhig und bedacht zu reden. »Wir machen jetzt gleich alle zusammen einen Ausflug. Dann wird sich die Sache von ganz allein klären. Versprochen!«
»Wir können jetzt nicht einfach hier weg.« Frau Hansen schüttelte energisch den Kopf. »Morgen ist die Eröffnung des Ladens. Und wir haben noch so viel zu tun.«
»Gemeinsam schaffen wir das«, versprach Kim. »Wir lassen Sie jetzt nicht im Stich. Aber diesen kleinen Ausflug sollten wir machen. Es ist wichtig.«
»Ich muss mich gleich mit meinen Eltern treffen«, sagte Rick. Er wollte sich an Marie vorbeidrängen, doch die hielt ihn am Hemd fest. »Nicht so eilig. Du kommst mit.«
»Meine Eltern warten«, wiederholte Rick.
»Deine Mutter vielleicht«, sagte Franzi. »Aber dein Vater tätigt gerade wichtige Geschäfte in London. Das hast du selbst gesagt.«
Ricks Augen verengten sich. Er trat unruhig von einem Bein aufs andere. »Ich muss los.«

»Es dauert nicht lange.« Kim winkte Tante Betti zu, die gerade aus dem Stall kam. »Wir sollten mit zwei Wagen fahren. Tante Betti nimmt Rick und Franzi mit und wir fahren mit Ihnen, Frau Hansen.«

Franzi wusste nicht genau, was Kim plante. Es war keine Zeit geblieben, um sich abzusprechen. Es grenzte sowieso an ein Wunder, dass sich die Erwachsenen auf die Sache einließen. Tante Betti hatte ihre Schwester überredet, den Mädchen nachzugeben. Vielleicht lag es daran, dass Tante Betti keine große Lust hatte, bei dem herrlichen Wetter im alten Kälberstall Regale zu dekorieren. Oder daran, dass Tante Betti die Situation besser einschätzen konnte. Es sah nämlich nicht so aus, als würde sie Antonia glauben. Jedenfalls fuhr sie bereitwillig hinter dem Wagen von Frau Hansen her, an Bauer Bredhorns Hof vorbei und dann nach einer großen Kreuzung Richtung Westen.
Franzi ahnte, wohin es ging. Rick ahnte es ganz sicher auch. Er hätte garantiert eine warnende Nachricht an seinen Vater geschrieben, wenn Kim nicht angeordnet hätte, dass alle Rucksäcke im Kofferraum von Frau Hansens Auto befördert werden mussten.
Franzi sah aus dem Fenster. Das gelbe Ortsschild von Kleckenbüll tauchte auf. Dahinter folgte auch schon die Einfahrt zum Kastanienhof. Das Gestüt lag inmitten grüner Weiden. Eine Reithalle kam in Sicht, daneben mehrere lang gezogene Stallgebäude und ein schickes, weißes Haupthaus. Die Auffahrt war von blühenden Kastanienbäumen gesäumt. Links und rechts standen herrliche Pferde auf den Koppeln und grasten. Franzi hätte den Anblick genossen, wenn sie nicht so aufgeregt gewesen wäre. Manche dieser Pferde waren sicher schon bei großen Turnieren angetreten und hatten Schleifen und Pokale geholt.
Als sie schließlich aus dem Wagen stiegen, war Rick kalkweiß im Gesicht. Antonia sah aus, als würde sie jeden Moment weinen, und

Frau Hansen war sichtlich aufgeregt. Franzi vermutete, dass Kim im Auto die Tonbandaufnahme abgespielt hatte. Während Franzi noch darüber nachdachte, kam ein junger Mann mit einer Schubkarre auf sie zu. »Moin«, sagte er.
»Moin«, erwiderte Frau Hansen. »Wir müssen dringend mit Ihrem Tierarzt sprechen. Mit Herrn Ullrich. Ist er da?«
»Jo«, meinte der junge Mann. »Der wohnt drüben im Haupthaus.«
Gerade öffnete sich die Tür des weißen Gebäudes und ein Mann kam heraus. Er hatte eine Kaffeetasse in der rechten Hand und ein Handy in der anderen.
»Na, wenn man vom Teufel spricht.« Der junge Mann lachte auf. »Da ist er. Ich mach dann mal weiter.«
»Wollen Sie zu Frau Müller?«, fragte Simon Ullrich. Der Mann war etwa Mitte dreißig und sah gut aus. Frau Hansen und Tante Betti schenkte er ein gewinnendes Lächeln.
»Wir würden gern mit Ihnen sprechen«, sagte Kim.
»Mit mir?«, fragte der Mann überrascht.
Kim sah ihm direkt in die Augen. »Es geht um Pegasus.«
Simon Ullrich zuckte kaum merklich zusammen. »Kommen Sie doch bitte mit. Dann können wir reden, während ich meinen Rundgang mache.« Er führte die Besucher an den neuen Stallungen vorbei. Schließlich kamen sie an ein älteres Gebäude, vor dem ein Jeep parkte. »Das ist der historische Stall«, erklärte der Tierarzt.
Franzi sah sich um. Der Mann führte sie ganz offensichtlich von den anderen Mitarbeitern weg. Der historische Stall lag einsam und verlassen in der Frühlingssonne. Der Misthaufen, die Reithalle und die Reitplätze lagen auf der anderen Seite des Wohnhauses.
»Sie wollen also mit mir über Pegasus sprechen?«, fragte der Tierarzt. Sie folgten ihm in den Stall. In drei Boxen standen Pferde. An einer Wand hingen ausgeblichene Schleifen, die an zahlreiche Turniererfolge erinnerten. Herr Ullrich ging zu einem Schimmel,

der neugierig den Kopf aus der Box streckte. »Sie wissen, dass Pegasus verstorben ist?«
»Wir hörten davon«, sagte Kim.
»Eine tragische Angelegenheit.« Der Mann seufzte. »Frau Müller war für zwei Tage verreist. In dieser Zeit bekam Pegasus schwere Koliken. Ich habe den Hengst mehrere Stunden lang geführt. Ein Stallbursche hat mir geholfen. Es ist wichtig, dass sich die Pferde bei Koliken bewegen und sich nicht wälzen. Doch in diesem Fall hat selbst die Bewegung nicht geholfen. Ich musste Pegasus einschläfern.«
»Gibt es dafür Zeugen?«, fragte Kim.
Herr Ullrich hob eine Augenbraue. »Ist das ein Verhör?«
»Genau das ist es«, sagte Kim.
Der Tierarzt blickte in seinen Kaffeebecher, aus dem noch immer Dampf aufstieg. »Ein Stallbursche war dabei, als ich ihm die Spritze gegeben habe. Ich habe ihn dann nach Hause geschickt. Es war schon spät und es gab nichts mehr zu tun. Den Abtransport habe ich alleine geregelt. Ich habe dafür die entsprechenden Papiere.«
»Das mit dem Stallburschen glaube ich Ihnen sogar«, meinte Kim. »Nur der Rest ist gelogen. Pegasus lebt. Sie haben ihn an einen Geschäftsmann namens Silberwald verkauft.«
»Das ist ja lächerlich«, entfuhr es dem Mann.
»Ist es nicht. Wir haben genug Beweise gesammelt«, mischte sich nun auch Franzi ein.
»Und dieser junge Mann hier«, Marie zeigte auf Rick, »ist niemand Geringeres als Friedrich Silberwald. Er kann alles bezeugen!«
»Ich–«, setzte Rick an, doch Marie ließ ihn nicht ausreden. »Wir möchten mit Frau Müller sprechen und dann gehen wir zur Polizei.«
Der Tierarzt fuhr mit einem Ruck herum. Dann schleuderte er Marie seinen heißen Kaffee entgegen.

BESTE
1.
2.
3.

DU BRAUCHST …

- buntes Papier (DIN A4, Größe von normalem Druckerpapier)
- Geschenkband, circa 1 cm breit
- Lineal
- Bleistift
- Schere
- Klebstoff
- Stifte
- Sicherheitsnadel
- Klebeband

SCHWIERIGKEITSGRAD

- hoch

Alles Gewinner

Der erste Platz ist hier genauso schön wie der letzte. Diese Turnierschleifen sind nämlich immer ein Gewinn: als Geschenk für die beste Freundin, bei Wettkämpfen oder als Partyschmuck.

1 Du schneidest aus einem A4-Blatt zwei Streifen aus. Die Streifen sollten so lang wie das Papier sein, also ca. 29,5 cm, und etwa 4,5 cm breit.

2 Danach schneidest du aus einem beliebigen Papier zwei Kreise in der Größe eines 2-Euro-Stücks aus. Male einfach einmal um die Münze herum.

3 Ein Kreis wird später zur Rückseite deiner Schleife. Den anderen Kreis für die Vorderseite verzierst du nun. Dafür klebst du weitere Kreise in unterschiedlichen Farben und Größen auf oder schreibst mit hübschen Stiften Texte oder Zahlen darauf. Auch Stempel oder Aufkleber sehen schön aus.

Franzis Tipp

Als ich jünger war, habe ich das Falten nicht so gut hinbekommen. Daher habe ich meine Turnierschleifen aus beklebten Spitzenuntersetzern aus Papier gemacht. Das sieht auch schön aus. In meinem Zimmer hängt auch eine Schleife mit dem Foto meines Ponys Tinka in der Mitte.

4 Jetzt faltest du beide Streifen zu einer sauberen kleinen Treppe. Der Abstand zwischen den Knicken sollte etwa 1 cm betragen. Wichtig ist allerdings, dass die Knicke alle gleich breit und gerade sind und keiner aus der Reihe tanzt.

5 Klebe die beiden Treppchen an beiden Seiten aneinander. Es sieht nun aus wie ein Stern mit vielen kleinen Zacken.

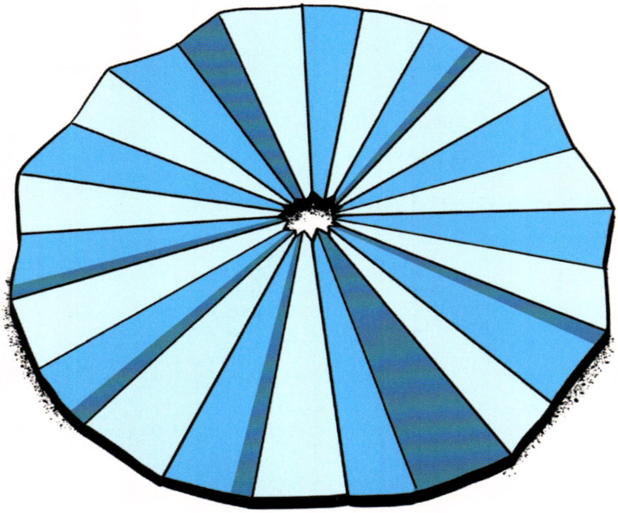

6 Vorsichtig den oberen Rand des »Sterns« nach außen drücken. Dabei wandert der untere Rand automatisch in die Mitte. So ergibt sich die runde, liegende Form.

7 Nun die zwei Kreise mit Klebstoff auf die Vor- und Rückseite der Turnierschleife kleben. Dafür mit einer Hand die Turnierschleife fest in der runden Position halten (damit sie nicht wieder auseinandergeht) und mit der anderen Hand den Kreis auf der Schleife andrücken. Er muss fest in der Mitte sitzen. Es kann helfen, anschließend ein schweres Buch draufzulegen, bis der Klebstoff trocken ist.

ACHTUNG: Achte darauf, dass das Buch keine Klebeflecken bekommt.

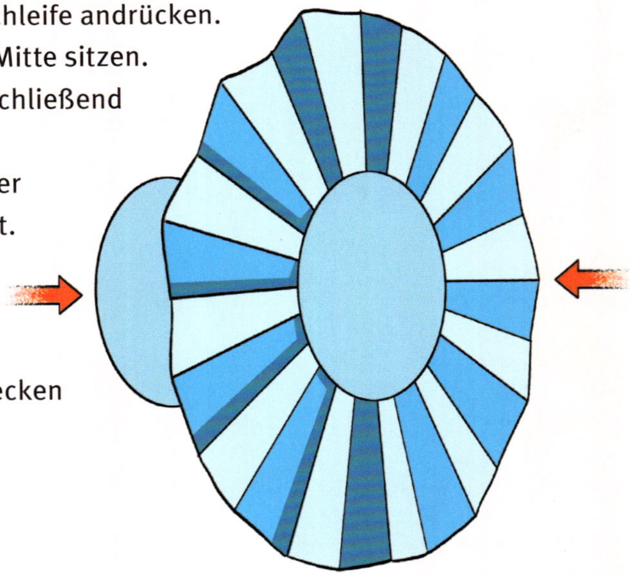

8 Auf der Rückseite wird jetzt eine Sicherheitsnadel angebracht. Die Nadel dafür mit breitem Klebeband fixieren und andrücken. Wichtig ist, dass man sie noch öffnen kann. Alternativ können auch Wäscheklammern aufgeklebt werden.

9 Das Schleifenband in der Mitte falten und unterhalb der Klammer festkleben. Damit ist die Schleife komplett.

Die letzte Hürde

Marie wich in letzter Sekunde aus und stieß unsanft gegen Rick. Simon Ullrich war in einem Satz bei der Tür. Franzi reagierte als Erste und rannte ihm hinterher. Doch der Tierarzt packte bereits eine Heugabel, die neben der Tür lehnte. Instinktiv machte Franzi einen Sprung zur Seite. Der Tierarzt setzte die Gabel nicht als Waffe ein, sondern als Hindernis. Schon schleuderte er Franzi den langen Stiel vor die Füße. Sie stolperte und konnte sich gerade noch fangen. Die Stalltür wurde ihr vor der Nase zugeschlagen. Dann klappte der Riegel vor. Der Schimmel wieherte ängstlich.
»Er flieht«, rief Frau Hansen überflüssigerweise. Tante Betti eilte zu einer leeren Box. Die Fenster standen offen. »Wir klettern raus.« Das musste sie Franzi gar nicht erst sagen. Sie nahm die Hürde mit sportlichem Ehrgeiz, stieß sich ab und flankte elegant aus dem Fenster. Sekunden später landete sie draußen. Ein Motor sprang an. Simon Ullrich war in den Jeep gestiegen. Die Räder wirbelten Staub auf. Dann machte das Auto einen Satz nach vorn. Franzi konnte gerade noch aus dem Weg springen. Der Tierarzt steuerte den Jeep über den Sandweg in Richtung Auffahrt. Gleich würde er auf die Landstraße fahren und entkommen. Doch da entdeckte Franzi das Blaulicht und im selben Augenblick ertönte eine Polizeisirene.

Detektivtagebuch von Kim Jülich
Sonntag, 22:01 Uhr
Ein ereignisreicher Tag geht zu Ende. Die drei !!! haben wieder einmal erfolgreich einen Fall aufgeklärt. Nachdem wir ein Telefonat

von Rick und seinem Vater belauscht hatten, konnten wir eins und eins zusammenzählen. Unser Blume ist das bekannte Springpferd Pegasus! Ein Ausflug zum Gestüt Kastanienhof hat diesen Verdacht bestätigt. Wir konnten vor Ort den Tierarzt überführen. Er und Rick haben inzwischen ein erstes Geständnis abgelegt. Jetzt wissen wir auch, wie alles abgelaufen ist. Ricks Pferd Pioneer kann nicht mehr bei den großen Turnieren antreten. Deshalb wollte sein ehrgeiziger Vater ein neues, noch besseres Pferd kaufen. Die Silberwalds hatten Pioneer vom Gestüt Kastanienhof. Darum fuhr Herr Silberwald höchstpersönlich hin. Er interessierte sich sofort für Pioneers Bruder, denn der ist ein internationaler Champion. Doch Pegasus stand nicht zum Verkauf. So leicht ließ sich Herr Silberwald aber nicht entmutigen. Er wollte unbedingt dieses Pferd für seinen Sohn haben. Kein anderes. Und dann fand er die Lösung: Er beschloss, die beiden Pferde auszutauschen. Pioneer und Pegasus sehen sich sehr ähnlich. Die Brandzeichen sind kaum voneinander zu unterscheiden, sie teilen gemeinsames Erbgut (was im Fall eines Gentests wichtig ist) und sie haben fast identische Abzeichen, die im Pferdepass eingetragen sind. Herr Silberwald sah seine Chance kommen, als er erfuhr, dass der Tierarzt heimliche Geldsorgen hatte. Er bot dem Mann 100 000 Euro an. Simon Ullrich musste für diese Summe dann ein kleines Schauspiel aufführen. Er tat so, als hätte der Hengst eine Kolik. Natürlich schläferte er ihn nicht ein, sondern gab ihm vor einem Zeugen eine Betäubungsspritze. Schließlich schickte er alle Mitarbeiter heim, löschte den Identifikationschip mithilfe eines starken Magneten, verlud Pegasus am frühen Morgen auf einen Pferdehänger und stellte die Papiere aus, die den Tod des Hengstes bescheinigten. Herr Silberwald holte Pegasus ab. Dann machte er den entscheidenden Fehler. Er brachte den Hengst zu Bauer Bredhorn – wo wir ihn gefunden haben. Eigentlich war die Idee gar nicht so schlecht. Silberwald musste noch ein paar Dinge regeln und wollte so lange nicht mit einem gestohlenen Pferd durch mehrere Bundesländer fahren. Dafür musste er erst den echten Pioneer verschwinden lassen. Er wollte ihn mit falschen Papieren als Freizeitpferd an eine Familie verkaufen und dann Pegasus in den Stall stellen. Das wird jetzt wohl nichts. Herr Silberwald wird sich vor Gericht verantworten müssen. Für Rick ist die Turnierreiterei bis auf Weiteres vorbei. Die Karriere hat er in den Sand gesetzt. Dafür kann er nun seinen Pioneer behalten. Er ist ziemlich durch den Wind. Sein Leben steht gerade kopf. Aber er hat auch wirklich dumme Dinge gemacht. Das mit dem Motorrad ist nicht zu entschuldigen! Er wollte Franzi erschrecken und dafür sorgen, dass niemand mehr auf Pegasus reitet. Wir sollten nicht herausfinden, dass Pegasus ein Springchampion ist. Aber es war eine Schwachsinnsidee! Pferd und Reiterin hätten übel verletzt werden können. Dass Pegasus dann ausgebrochen und weggaloppiert ist, war natürlich nicht der Plan. Rick hat sich mit der Sache letztendlich ein Eigentor geschossen. Dank der Fingerabdrücke konnten wir ihn ja überführen.

Frau Hansen ist übrigens immer noch aufgeregt, aber sie ist nicht mehr sauer auf uns. Ich hatte ihr auf der Fahrt zum Gestüt das Tonband vorgespielt und erzählt, was wir herausgefunden haben. Danach war sie nur noch wütend auf Rick. Und auch etwas auf Antonia, weil sie gelogen hat. Frau Hansen hat sofort aus dem Auto heraus ihren Schwager Gerd Hansen angerufen. Der ist keine Sekunde zu früh angekommen. Er fuhr gerade auf die Auffahrt, als der Tierarzt flüchten wollte. Simon Ullrich ist beim Anblick des Blaulichts förmlich zusammengebrochen. Zu allem Übel kam dann auch noch seine Verlobte dazu. Das ist ausgerechnet Daniela Müller, die Springreiterin, die er um ihren Champion betrügen wollte. Sie war stinksauer auf ihn, aber dann hat doch noch die Freude gesiegt. Schließlich lebt ihr Pegasus. Sie hat ihn heute schon abgeholt und wir haben uns alle von unserem Blume verabschiedet. Jetzt wird er wohl bei Olympia antreten können.

Wenn es so weit ist, werden wir bestimmt vor dem Fernseher sitzen und ihm die Daumen drücken.
PS: Fast hätte ich vergessen, dass wir heute noch die Marmeladendiebin überführen konnten. Marie hatte Frau Brammer schon länger im Verdacht. In deren Wohnung waren leere und volle Gläser mit Hansens Himbeermarmelade. Wir haben sie dabei erwischt, wie sie das Leergut heimlich entsorgen wollte. Sie hat es getan, weil sie die Ferienwohnung überteuert fand. Außerdem liebt sie die Marmelade. Trotzdem musste sie nachträglich alles bezahlen. Hansens haben aber darauf verzichtet, sie anzuzeigen. Frau Brammer ist ja seit so vielen Jahren Stammkundin. Außerdem hat sie versprochen, bei der Einweihungsfeier zu helfen – als Wiedergutmachung.

Geheimes Tagebuch von Kim Jülich
Donnerstag, 22:45 Uhr

Was geheim ist, bleibt geheim! Wobei ... heute ist es mal nicht geheim. Kaum zu glauben, aber wahr. Also: Lest es ruhig!
Wir haben geschuftet. Ehrlich, es war noch so viel zu tun! Aber jetzt ist der Laden fertig. Eigenlob stinkt vielleicht, aber das nehme ich ausnahmsweise in Kauf. Der Laden ist so schön geworden!!! Morgen ist nun die große Eröffnung. Wir können es kaum erwarten. Und noch etwas wird spannend: Frau Hoffmann ist gerade mindestens so aufgeregt wie wir alle. Morgen wird sie Padparadscha wiedersehen. Die Besitzer kommen zur Ladeneröffnung und bringen die alte Stute mit.
Für uns ist das morgen der letzte Tag in Katenkoogen. Um 16:35 Uhr geht unser Zug. Schade, dass die Zeit hier so schnell vorbeigegangen ist.

Der alte Kälberstall war kaum wiederzuerkennen. Bunte Girlanden zierten das Gebälk, Lichttüten mit LED-Lampen sorgten für stimmungsvolle Beleuchtung, riesige Sträuße aus Papierblumen standen in Tonkrügen und die neuen, aber rustikalen Regale waren gefüllt mit selbst gemachten Marmeladen, Leckerchentüten, Schildern aus Strandgut und Streichholzschachteln mit Urlaubsmotiven. Tante Betti hatte den Bereich mit den Reitartikeln fertig eingerichtet. Gebrauchte Sättel und Trensen hingen poliert auf den Wandhaken, Körbe mit Schwämmchen, Bürsten und Hufkratzern standen bereit. Im hinteren Teil des alten Stalls befanden sich die großen Futtersäcke. Auf dem Hof hatte Frau Hansen ein Buffet mit Blechkuchen, Kaffee und Saft aufgebaut. Antonia sollte den Kuchenverkauf übernehmen. Franzi hatte Blumen in Leos Mähne geflochten und führte die graue Stute auf den Reitplatz. Bei so einem Fest musste es natürlich auch ein kostenloses Ponyreiten geben. Da dieser Montag ein Feiertag war, rechneten die Hansens mit vielen Besuchern. Der Verkauf im Laden würde dann aber erst am nächsten Tag starten.
Eine Stunde später war der Hof voll mit Leuten. Kinder standen beim Ponyreiten an, Erwachsene tranken Kaffee und die Jugendlichen aus dem Dorf saßen gemeinsam am Reitplatz und aßen Kuchen. Old Shettyhand hatte von Franzi den alten Hüpfball geschenkt bekommen und tobte damit über den Paddock. Die Stimmung war großartig. Irgendwann gesellte sich Antonia zu den drei !!!. »Wir dürfen eine Pause machen.«
»Danke«, sagte Franzi knapp.
»Es tut mir leid.« Antonia starrte angestrengt auf den Boden. »Echt jetzt.«
»Warum hast du gelogen?«, wollte Kim wissen.
»Rick hat mich darum gebeten.« Die Antwort war kaum mehr als ein Flüstern.

»Weil irgendein bescheuerter Junge es von dir verlangt, klagst du deine Freundinnen an?« Franzi verschränkte energisch die Arme.
»Ihr wolltet ja gar nicht meine Freundinnen sein.« Jetzt sah Antonia auf. »Ich habe mich so auf euch gefreut. Aber dann wolltet ihr alles nur zu dritt machen.«
»Wir sind nun einmal ein Detektivteam«, meinte Marie.
Antonia nickte. »Ja, aber es ist ganz schön blöd, wenn man nicht zum Team gehört.«
»Und dann hast du dich auch noch volle Kanne in Rick verliebt«, fügte Franzi hinzu.
»Ich war auf Wolke sieben«, gestand Antonia mit feucht schimmernden Augen. »Aber Rick hat mich nur für seinen Plan benutzt.«
Kim legte ihr einen Arm auf die Schulter. »Das ist alles blöd gelaufen. Wir haben uns nicht richtig verhalten, du hast Mist gebaut und Rick hat versucht, uns gegeneinander auszuspielen.«
Franzi verzog den Mund. »Ich bin noch etwas sauer. Aber so leicht gebe ich eine alte Freundschaft nicht auf.« Sie packte Antonias Hand und schüttelte sie kräftig. »Von mir aus sind wir wieder Freunde!«
Antonia brachte ein Lächeln zustande. »Sehr gern.«
Gemeinsam gingen sie auf den Hof, um sich ein Stück Kuchen zu holen. Gerade kamen neue Besucher an. Dieses Mal waren es zwei Reiter. Ein Mann auf einem Rappen und eine Frau auf einer älteren Fuchsstute. Ihr Fell hatte einen wunderschönen rötlichen Schimmer. Sie stiegen ab und begrüßten Tante Betti. Dann führten sie die Pferde von dem Trubel weg zu der Wiese hinter dem Laden. Tante Betti wandte sich an die drei !!!. »Könnt ihr Frau Hoffmann Bescheid geben? Padparadscha ist da.«
»Ja klar«, rief Franzi aufgeregt. Das würde ein denkwürdiges Wiedersehen werden! Sofort machten sich die Mädchen auf die Suche.

Sie fanden Frau Hoffmann im Laden. Als sie der Frau die Nachricht überbrachten, ließ sie alles stehen und liegen. »Ich glaube, mir wird schwindelig«, meinte sie. »Ich bekomme weiche Knie.«
»Sie schaffen das«, sagte Marie aufmunternd.
Frau Hoffmann trat auf die Wiese hinter dem Laden und blieb wie vom Donner gerührt stehen. Die Fuchsstute hob den Kopf, stellte die Ohren auf und machte einen Schritt vor. Sie begrüßte die Frau mit einem tiefen »Hömhömhöm!«.
»Sie hat Sie erkannt«, sagte Franzi mit belegter Stimme.
Frau Hoffmann flüsterte nur den Namen ihres Pferdes. Dann war sie mit wenigen Schritten bei der Stute und fiel ihr um den Hals. Sie vergrub ihr Gesicht in der roten Mähne. »Es tut mir so leid! Es tut mir so unendlich leid.«
Die Stute stupste die Frau sanft an.
Franzi lächelte. »Sie hat Ihnen vergeben.«
Frau Hoffmann strich dem Pferd über die weichen Nüstern. Tränen liefen über ihr Gesicht, aber sie lachte. »Ich habe dich so vermisst.«
»Hmhm«, machte Padparadscha.
»Du Gute!« Frau Hoffmann wischte sich mit dem Handrücken über die Augen.
Die drei !!! beschlossen, das alte Pferd und die Reiterin in Ruhe zu lassen.
»Sie hat zum Glück erkannt, dass Pferde keine Sportgeräte sind, sondern Freunde«, sagte Franzi, als sie nebeneinander zurück zum Laden gingen.
»Bei dem Stichwort *Freunde* fällt mir noch etwas ein.« Marie lachte und zog drei Freundschaftsbänder aus der Tasche. Sie waren in den Clubfarben der drei !!! geflochten und mit bunten Glasperlen verziert. »Drei Striche und drei Punkte«, sagte Marie stolz. »Das sind drei Ausrufezeichen zum Umbinden.«

»Klasse«, freute sich Franzi. Sie legte das Band an und hielt die Hand in die Mitte. »Auf die Freundschaft!«, sagte sie dann.
Kim und Marie hielten ihre Hände mit den Bändern darüber. »Auf die Freundschaft!«

DU BRAUCHST …

- bunte Schnüre (ca. 30 cm lang)
- Perlen (die auf die Schnüre passen)
- Klebeband

SCHWIERIGKEITSGRAD

- mittel

Freunde für immer

Drei !!! für die Freundschaft: Mit Schnüren und Perlen zauberst du für dich und deine Freundinnen Powerbänder in euren Lieblingsfarben.

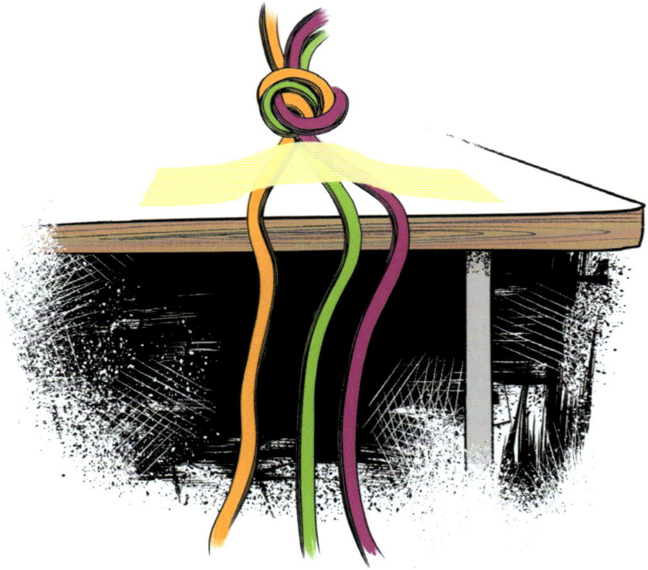

1 Verknote drei Bänder in verschiedenen Farben an einem Ende und klebe den Knoten mit Klebeband auf die Tischplatte. So verrutscht das Band beim Flechten nicht.

2 Als Erstes flechtest du aus den Bändern einen einfachen Zopf: Vor dir liegen drei Bänder. Das linke Band kommt nun in die linke Hand und das rechte Band in die rechte Hand. Jetzt musst du das rechte Band über das mittlere Band legen. Dann ist das linke Band dran. Es wird über das neue mittlere Band gelegt. So geht es dann weiter – rechts über die Mitte, links über die Mitte …

!!!-Tipp

Wir haben Schnüre und Perlen in unseren Clubfarben genommen und glänzende Kordeln zum Flechten verwendet. Du kannst für deine Freunde natürlich auf deine Lieblingsfarben zurückgreifen – oder auf die Farben eures Clubs. Als Material kannst du Bast, Wolle, Stickgarn, Dekobänder, Lederkordeln oder Flechtschnüre aus dem Bastelgeschäft verwenden. Viel Spaß mit den Armbändern in deinem eigenen Look.

3 Nach der Hälfte fädelst du drei Perlen auf die drei Schnüre. Danach geht das Flechten weiter. Am Ende schiebst du eine Perle über das Ende der Bänder und machst darunter einen festen Knoten.

PROFIVARIANTE: Mit einer dünnen, festen Schnur einen Metallverschluss an den Enden festknoten.

Die drei !!!

DIY-Anleitungen

Leseprobe

184 Seiten, €/D 13,– Preisänderungen vorbehalten
ISBN 978-3-440-17066-3

Kim, Franzi und Marie lernen bei einem Nähkurs im Jugendzentrum Tim und Joana kennen, die ihre Kostüme für eine Fantasy-Convention nähen wollen – doch nach einem Feueralarm ist Joanas Kleid verschwunden! Als Elfen verkleidet begleiten die drei !!! das Paar zur Convention. Als Tim und Joana auf einmal spurlos verschwinden, ahnen die drei !!! noch nicht, in welche Verbrechen sie hineingeraten sind ...

Lies doch mal rein!

diedreiausrufezeichen.de

Nähparty mit Drachen

»Pass auf!«, rief Franzi. »Hinter dir!«
Marie zuckte zusammen. Sie spürte einen Luftzug im Nacken und wirbelte herum. Im nächsten Moment erklang ein spitzer Schrei, dann flog ein dunkler Schatten auf sie zu. Geistesgegenwärtig sprang Marie zur Seite.
Die Gestalt rauschte nur wenige Zentimeter entfernt vorbei. Für Sekundenbruchteile sah Marie in ein schmales Gesicht. Hellgrüne Augen blickten sie erschrocken an, rotblondes Haar flatterte vorbei.
Ein dumpfer Schmerz durchfuhr Marie, als sie mit der Schulter gegen den Rahmen der Eingangstür stieß. Der große Sack, den Marie gerade mit Kim und Franzi ins Jugendzentrum schleppte, rutschte ihr aus den Händen. Mit einem dumpfen Klatschen schlug er auf dem Boden auf. Der Schwung des Aufpralls riss ihren Freundinnen beinahe das andere Ende des Sacks weg. Franzi geriet ins Straucheln, fing sich aber schnell wieder. »He!«, rief sie aufgebracht.
Die Gestalt stolperte an ihnen vorbei. Weiter unten konnte sie ihren Schwung mit Mühe am Treppengeländer abbremsen. Marie sah, dass es ein vielleicht fünfzehnjähriges Mädchen war. Es stammelte: »S…sorry!«, und hob eine Hand. »Ich hab euch überhaupt nicht gesehen! Alles okay bei dir?«
Marie winkte ab. »Nichts passiert.« Sie rieb sich die Schulter. »Das gibt bloß einen blauen Fleck.«
»Es tut mir leid!« Das Mädchen zupfte nervös an seinen Armbändchen. »Echt! Entschuldige bitte, aber ich hab's eilig.« Es stieß sich vom Geländer ab, sprang die letzten Stufen hinab und lief über den angrenzenden Spielplatz davon.

Franzi schüttelte den Kopf und sah Marie an. »Alles klar bei dir?«
»Ja!«, antwortete Marie. Sie hob den Sack auf. »Ich habe schon schlimmere Bodychecks erlebt.«
Kim grinste. »Eine Detektivin bringt eben nichts so schnell aus dem Takt.«
»Genau«, rief Marie. »Und jetzt rein mit dem Zeug.«
Franzi nickte, schob den Sack mit dem Knie weiter hoch und fasste nach. »Übrigens«, begann sie, während sie ihre Last durch den Eingang des Jugendzentrums bugsierten, »wir brauchen bald mal wieder einen neuen Fall! Der letzte ist mindestens zwei Monate her.« Sie grinste Kim und Marie an. »Wir kommen noch ganz aus der Übung!«
Marie nickte. »Es wird echt mal wieder Zeit.«
»Allerdings«, stimmte Kim ihr zu.
Marie überlegte: Wie viele Verbrechen hatten sie mit ihrem Detektivclub *Die drei !!!* schon aufgeklärt? Sie kam so schnell nicht auf die genaue Anzahl, aber es waren bestimmt weit über sechzig! Über sechzig Mal hatte sie jetzt schon mit ihren Freundinnen und Detektivkolleginnen gefährliche und spannende Ermittlungen geführt und dabei jeden einzelnen Täter dingfest gemacht. Das war wirklich der Wahnsinn!
»Hallo, SOS«, war plötzlich Franzis Stimme zu hören. »Welt an Verliebte: Können wir hier mal durch?«
Marie sah verwirrt nach vorn – und musste sofort lächeln. Vor ihnen standen ein Mädchen und ein Junge mitten im Weg und küssten sich innig. Die beiden waren vielleicht 15 oder 16 Jahre alt.
»Wie süß«, flüsterte Kim. »Die kriegen ja gar nichts mit!« Sie sah Franzi fragend an. »Wir gehen einfach außen herum, oder?«
Im dem Moment öffnete das Mädchen die Augen und blinzelte Kim überrascht an. Es trat einen Schritt zurück und klopfte seinem Freund sanft auf die Schulter. »Da will jemand durch!«

Der Junge schüttelte den Kopf. »Nirgendwo hat man seine Ruhe!«, sagte er gespielt vorwurfsvoll. Er nahm die Hand seiner Freundin und sah die drei !!! belustigt an. »Was schleppt ihr da eigentlich durch die Gegend? Das sieht ja aus wie ein Sack mit einer Leiche drin.«
»Sehr witzig«, antwortete Marie trocken. »Darin sind Stoffreste!«
»Für die Nähparty heute Nachmittag«, ergänzte Kim.
»Echt?«, rief das Mädchen. »Cool! Wir sind auch angemeldet!«
Der Junge strubbelte sich durch seine kurzen, rotbraunen Haare. »Aber was wollt ihr denn mit so viel Material?« Er tippte auf den prall gefüllten Plastiksack. »Das reicht doch mindestens für ein Zirkuszelt!«
»Die Stoffe sind ja auch für alle Teilnehmer der Party!«, sagte Marie. »Das Kaufhaus *Pulitzer* hat sie gespendet.«
»Das ist ja super!«, rief das Mädchen begeistert. »Tim und ich sind oft dort und sehen uns die tollen Stoffe an.« Sie zuckte mit den Schultern. »Leider ist das meiste viel zu teuer für uns.«
»Näht ihr denn schon lange?«, wollte Kim wissen.
Das Mädchen strich sich eine Strähne seiner langen dunkelbraunen Haare aus der Stirn. »Ich bin erst seit einem halben Jahr dabei. Tim macht das schon länger. Zwei Jahre, oder?« Es sah seinen Freund an.
»Ja, fast zweieinhalb. Seit ich zu *Fantasy-Conventions* gehe und bei Kostümwettbewerben mitmache.«
»*Fantasy-Conventions*?«, wiederholten Kim und Franzi gleichzeitig und sahen fragend in die Runde.
»Ja!«, sagte Marie. »Kennt ihr das nicht?«
»Noch nie gehört«, murmelte Franzi.
»Das sind Treffen für Fans von Fantasyfilmen und -büchern. Viele laufen dabei in völlig verrückten Kostümen herum.« Marie grinste. »Ich hab mal eine Doku darüber gesehen. Die Leute verkleiden sich

und versuchen, so gut wie möglich wie eine Figur aus einem Film oder einem Buch auszusehen. Zum Teil tragen sie wahnsinnig aufwendige Klamotten. Viele nähen die Sachen auch selbst.«
Tim nickte. »Genau das machen Joana und ich. Übrigens verkleiden sich nicht alle. Ein paar Leute kommen auch einfach so und sehen sich Filme an, kaufen Bücher, tauschen sich mit anderen Fans aus.«
»Aber *die*, die sich verkleiden, machen es richtig!«, warf Joana ein. »Es gibt richtig große Kostümwettbewerbe. Man kann sich allein oder in einer Gruppe anmelden und präsentiert seinen *Character*, also die Figur, die man darstellt, auf der Bühne. Die Leute, die am überzeugendsten rüberkommen, gewinnen einen Preis: Geld, Tickets für die nächste Convention, ein Shooting mit einem professionellen Fotografen oder so!«
»So ein Kostümwettbewerb ist ein echtes Highlight, auf das man monatelang hinfiebert«, ergänzte Tim. »Joana und ich sind in der gleichen Showgruppe. Wir sind zu zehnt und treffen uns regelmäßig, um uns neue Shows auszudenken oder zu proben. Und natürlich entwerfen wir die Kostüme zusammen.«
»Unsere neue Show heißt *Dancing with the Dragon*«, sagte Joana. Ihre Augen begannen zu leuchten. »Wir stellen dieses Mal Figuren aus einer Fantasygeschichte dar, die wir selbst erfunden haben. Es geht um ein Volk von Feen und Faunen, das im Kristall-Land lebt. Die Feen werden von einem mächtigen Magier bedroht, der sich in einen gefährlichen Drachen verwandelt hat. Die Macht des Drachens kann aber gebrochen werden, wenn genau sieben Feen und sieben Faune einen magischen Kreis bilden und um ihn herumtanzen. Weil sie das Tag und Nacht machen müssen, wechseln sich verschiedene Gruppen ab …« Joana hielt plötzlich inne. »Wollt ihr das überhaupt so genau wissen?«, fragte sie grinsend. »Wenn ich einmal anfange, davon zu erzählen, kann ich gar nicht mehr aufhören.«

»Es klingt total spannend«, sagte Kim sofort. »Mich interessieren Geschichten immer!« Sie schaute auf ihre Uhr. »Aber vielleicht kannst du nachher bei der Nähparty weitererzählen. Wir müssten jetzt noch die Nähmaschinen und ein paar andere Sachen reinbringen.«
»Seid ihr etwa die Kursleiterinnen?« Joana riss die Augen auf. »Das ist ja der Hammer!«
Schnell schüttelte Marie den Kopf. »Nein, meine Stiefmutter veranstaltet den Workshop. Wir helfen ihr nur bei den Vorbereitungen.«
»Ach so.« Joana grinste. »Schade, ich dachte schon, wir hätten gerade drei Wunderkinder aus der Do-it-yourself-Szene kennengelernt!«
»Großer Irrtum«, sagte Franzi. »Also, was mich betrifft: Ich schaffe es kaum, einen Faden unfallfrei in eine Nadel einzufädeln.«
»Deshalb darfst du dir das ja auch heute von Tessa zeigen lassen«, sagte Marie grinsend. »Und jetzt sollten wir wirklich weitermachen. Tessa fragt sich bestimmt schon, wo wir bleiben!«
»Wir können euch helfen, dann geht es schneller«, schlug Joana vor.
»Klar!«, sagte Tim sofort.
Marie lächelte. »Das wäre super, danke!«
Franzi packte den Sack an und wuchtete ein Ende hoch. »Am besten bringen Kim und ich die Stoffe zu Tessa rein und ihr drei holt den Rest aus dem Auto, okay?«
Marie hob den Daumen. »Perfekt!«

Eine halbe Stunde später klatschte sich Tessa mit den die drei !!!, Tim und Joana ab. »Vielen Dank!«, sagte sie und strahlte in die Runde. »Die Nähparty fängt schon mal gut an. Mit so vielen fleißigen Helfern!«
»War doch kein Ding«, sagte Tim. »Gern geschehen!«
Zufrieden betrachtete Marie den Raum, den sie eingerichtet hatten. Sie strich über einen der Stoffballen, die sie auf einem Tischchen aufgestapelt hatten. Die Farben und Muster leuchteten inten-

siv in der Nachmittagssonne, die durch die großen Fenster schien. Davor hatten sie acht Tische geschoben und die Nähmaschinen darauf platziert. In der Mitte des Raums befand sich eine große Arbeitsplatte auf zwei Metallböcken. Darauf standen dutzende von Kästchen und Körben mit Näh-Utensilien, bunten Knöpfen, Garnen, glänzenden Bändern und großen flauschigen Wollknäueln. Der Anblick machte richtig Lust, sofort etwas zu nähen, zu sticken oder zu stricken.

»Das sind alles Spenden, die ich von Geschäften und Privatleuten aus der Stadt für das Projekt erhalten habe«, sagte Tessa. »Großartig, oder?«

Marie nickte. Sie war sehr stolz darauf, dass ihre Stiefmutter das alles hier auf die Beine gestellt hatte. Tessa arbeitete eigentlich als Kamerafrau. Nebenher hatte sie aber immer schon gern Kleider entworfen und genäht. Über die Jahre war sie zu einem echten Nähprofi geworden. Vor einiger Zeit hatte sie sogar angefangen, selbst entworfene T-Shirts und Kinderbekleidung aus Bio-Baumwolle zu verkaufen. Die Shirts ihres Labels ›Think Nature!‹ verkauften sich richtig gut. Auch eine Mitarbeiterin des Jugendzentrums war ein großer Fan. Daher war sie auf die Idee gekommen, Tessa anzusprechen und sie zu fragen, ob sie Lust darauf hätte, einen zweitägigen Handarbeits-Workshop im JUZ abzuhalten. Tessa war sofort Feuer und Flamme gewesen und hatte wochenlang Ideen und Spenden gesammelt.

Joana sah sich bewundernd um. »Das ist wirklich eine tolle Kreativ-Werkstatt geworden. Sie haben sogar eine Schneiderpuppe organisiert!«

»Ja!«, sagte Tessa begeistert. »Die hat mir eine Freundin geliehen, die ein Modeatelier betreibt. Wahrscheinlich kommen wir heute noch gar nicht dazu, Kleider zu nähen, aber ich fand, dass dieses Utensil sich in einer Schneiderwerkstatt einfach gut macht.«

»Ich glaube, Tim und ich können die Modellpuppe sehr gut brauchen!«, rief Joana. »Wir haben Kostüme mitgebracht, zu denen wir dringend noch ein paar Tipps brauchen.«

»Kostüme?«, fragte Tessa. »Spielt ihr Theater?«

»Nein«, erwiderte Joana. »Wir wollen dieses Wochenende an einem Kostümwettbewerb auf der *Fantasy-Convention* teilnehmen.«

»Verstehe!«, antwortete Tessa interessiert. »Und ihr habt schon ganze Kostüme genäht? Dann seid ihr ja richtige Profis!«

Tim machte ein nachdenkliches Gesicht. »Wir haben mittlerweile schon ein paar Sachen drauf. Aber es gibt bestimmt tausend Tricks, die wir noch lernen können.«

»Das glaube ich auch«, sagte Joana.

Tessa lächelte. »Ich hoffe, ich kann euch helfen!« Sie sah auf ihre Armbanduhr. »In zwanzig Minuten geht es los. Mal sehen, ob alle kommen. Bei dem schönen Wetter lockt ja auch das Schwimmbad.«

»Wie viele Leute haben sich denn angemeldet?«, fragte Franzi.

Tessa sah auf eine Liste. »Elf. Neun Mädchen und zwei Jungen.«

»Joana und ich sind jedenfalls schon mal da«, sagte Tim und grinste. »Die anderen kommen bestimmt auch!«

Im nächsten Moment lugte ein schmaler, vielleicht zwölfjähriger Junge mit verstrubbelten schwarzen Haaren zur Tür herein. »Hi!«, sagte er leise und sah sich unsicher um.

»Hallo!«, rief Tessa. Sie legte die Liste auf ihren Schoß. »Nur hereinspaziert zu unserer Nähparty! Wie heißt du denn?«

Der Junge räusperte sich. Bevor er jedoch etwas sagen konnte, tauchten drei weitere Jungen hinter ihm auf. Marie schätzte sie auf zwölf bis dreizehn Jahre. Einer schlug ihm auf die Schulter. »Mensch, Selim!«, rief er. »Gut, dass du da bist, wir brauchen noch einen Mann zum Tischkickern!«

»Hey, Basti.« Selim grinste schief. »Was macht ihr denn hier? Ich dachte, ihr habt Fußballtraining?«

»Das ist ausgefallen«, sagte der andere Junge. »Jetzt wollen wir hier ein bisschen abhängen und kickern.«
Ein weiterer Junge schob sich nach vorn und sah sich skeptisch um. »Was soll das denn sein?« Er deutete zu der Schneiderpuppe und dann zu den Nähmaschinen. »Was ist das für ein Kram hier?«
»Das ist kein *Kram*«, stellte Tessa nüchtern fest. »Das ist das Material für unsere Nähparty.«
»Party?«, wiederholte einer der Jungen. »Ich lach mich tot. Wo ist denn das Bier?«
Tessa verdrehte die Augen. »Gibt es hier nicht. Dafür jede Menge Spaß beim Nähen! Ihr könnt es gern ausprobieren!«
Der Junge machte ein entsetztes Gesicht. »Das ist doch voll der Weiberkram.« Er schüttelte den Kopf. »Bei so was machen wir garantiert nicht mit!« Er zog Selim und die anderen beiden Jungs mit sich von der Tür weg.
Marie verschränkte die Arme vor der Brust. »Idioten!«
Tim grinste. »Lass sie doch, die haben ja keine Ahnung.«

Die drei !!!
Geheimnisvoller Liebestrank
KOSMOS